神様のミスで異世界にポイっとされました 2

I Was Thrown Out To Another World Caused By God's Failure.

～元サラリーマンは自由を謳歌する～

でんすけ
densuke
イラスト：
長浜めぐみ

風魔《ふうま》
サイ
コウ
登場人物紹介
Characters

タキノ
ルカ

圧縮された魔力で空間が歪み、
コウの頭上に魔法陣が浮かぶ。
「一匹残らず殲滅します」

CONTENTS

第一章　ワグの国

俺は今、船で空を飛んでいる。

高度は五百ｍ。途中で雲の上も飛んでみた。これなら嵐が来ても回避出来そうだ。

魔力消費量も思っていたよりは少ない。夜に空中で停《と》めて魔力補充すれば問題ないだろう。

眺めも良く順調だ。

これは空を飛ぶ専用のもっと大きな船が欲しくなってくるね。

どこかのタイミングで造ろうか。

あと五、六日で目的地につけるはず。まぁ、地図に間違いがなければだが……。


順調に進んで五日目の夕方に島が見えてきた。

途中で一度嵐に遭ったが、雲の上に避難して事なきを得た。

島だね。大陸ではないと思うが……。

今日はこのまま空中で停泊して翌朝に着水して上陸しよう。


翌朝、船を着水させて海岸に近づくが、付近に港がないのでこのまま海岸沿いを進む。

海岸沿いにいくつかの村を見つけたが大きな港はない。もう少し進もうか。

二時間ほど進むと大きな港が見えてきた。大きな帆船が何隻か停泊している。

ここに上陸しよう。

港に入ると小さな手漕《てこ》ぎの船が寄ってきた。案内された先には桟橋があるのでそこに船を停める。

みんなが珍しそうに見てくる。帆が無いからだろうか？

どこで手続きすれば良いかを聞き、案内されながら付いていく。

言葉が通じてよかった。でも、訛《なま》りというかイントネーションが若干違うね。まぁ、些細《ささい》な違いだから問題ないけど。

停泊料が取られるようだが商業ギルドのカードで払えた。大陸を越えても使えるとは凄《すご》い。

和洋折衷の建物が並ぶ港町に入る。古代書の旅行記には完全な和の雰囲気が漂う島として書かれていたが、今は違うようだ。時の流れを感じる。

服も和服と洋服が混ざった感じで、帯で留めた着物風の上着とズボン。

カンフーをしそうな格好だ。

宿は旅籠《はたご》のような佇《たたず》まいだったので、もちろん靴を脱いで入る。良いね。趣きがある。

部屋を取って案内してもらう。

おお、畳の部屋だ。帰る時には畳を買って帰ろう。ふふふ、楽しみが増えた。

夕方になると夕食が運ばれてきた。御膳だね。良いね。

暗くなってきたのでランタンに火が灯《とも》される。

ああ、ご飯と味噌汁《みそしる》に煮魚だ。それにお新香が付いている。あとは箸と念のためなのかスプーンとフォークも付いてきた。

煮魚を一口。うん、醤油《しょうゆ》ベースの味付けで美味《おい》しい。

そしてご飯も食べる。間違いなしだね。最後に味噌汁を飲む。ワカメの味噌汁だ。優しい味で美《う》味《ま》い。お新香も美味しかった。

家庭的な味。そんな言葉がぴったりな味だった。満足。

明日はどうしようか？

たしかこの島にも商業ギルドがあると宿の受付係が言っていたので寄ってみるか。

そこで情報を収集しよう。

翌朝、宿で商業ギルドの場所を聞いて外に出る。

ちゃんとやっているね。和風な建物だが商業ギルドと看板が出ている。

入ると中は洋風な感じだった。受付に行ってカードを見せる。あっ、今気が付いたがカードのランクが上がっているね。Ａランクだ。いつの間に……。

まぁ、あれだけ色々と売っていれば当然だね。

聞くとこの国はワグの国というらしい。

この島にはこの国しかないそうだ。島国なんだね。

この大きな港がある海岸とは反対側の海岸から五百㎞ほど海を行くと大陸になるそうだ。この国を見て回った後はその大陸を目指そう。

おすすめの観光地を聞いたら、ここから百㎞ほど内陸に行った所に古都があるそうで観光名所となっているようだ。このまま行ってみよう。

道の状態は良いと言うので魔導バイクで移動する。オフロードタイプだ。

魔導バイクに跨《またが》りエンジンを始動する。ああ、船は既に収納に回収済みだ。

アクセルを捻《ひね》り走らせる。風が気持ち良い。天気も上々だ。

殆《ほとん》ど一本道だと言うので迷う心配もない。

すれ違う人がこちらを見てくる。やはりバイクは珍しいのだろう。


三時間ほどで古いが綺麗《きれい》な街並みが見えてきた。あれは五重塔だろうか？　いくつか背の高い建物が見える。

バイクを降りて収納し、街に入る。

なんというか京都のような街並みだった。馴染《なじ》みがあるような無いような不思議な感じだ。

和風の建物が並び、観光客が多い。

観光案内所で観光用の地図を貰《もら》い、それを片手に散策する。

寺院のような所に来た。庭が綺麗だ。建物は古いがどこか威厳を感じる。

次は遠くから見えた五重塔に来た。

この塔には昔の人の遺骨が納められているそうだ。この建物も古いが綺麗で、厳かな感じがする。

地図を見て散策してみたところ、かなり年代を感じる建物が多く、いずれも厳かさを感じた。

謂《いわ》れとかは分からないが、楽しかった。今度は歴史などを知ってから来ると良いかもしれないね。

今日はここで一泊するので、観光案内所で宿を紹介してもらう。

ふむ、ここも趣きがあって良い宿だね。

夕食は精進料理のようなものだった。美味しかった。

明日はどうしようか？


翌日は観光案内所で他の場所の情報を聞く。

ここから徒歩で四時間ほどの場所に大きな都市があるという。そこへ行ってみることにした。

でも本当に良い国だと思う。魔獣の数は少なく、貧富の差もあまり無い。物価もちょうど良い。

そして聞いた話では四季があり季節ごとに楽しめるとか。

良い所だ。


昼前に出発して夕方前には都市に着いた。観光案内所で宿の場所を聞き宿に入る。

ここも良い感じだ。

高級な宿といった感じだがお値段はお手頃だ。当たりだな。

そしてここには大浴場がある。温泉ではないのが残念だが、それでも大きな風呂で手足を伸ばせるのは良い。

風呂上がりに冷えたエールを頂く。こういうサービスは歓迎だ。

部屋に戻ると夕食の用意がされる。今回はお肉がメインだ。醤油味のソースで焼かれたお肉が美味しい。他にも煮物や出汁《だし》の利いた汁物が出てきて満足だった。

そして冷えたエールが美味い。

俺が余生を過ごすのはこの国だな。


翌日は商店街を歩く。

ああ、ここには二泊することにした。今泊まっている宿が気に入ったのもある。

醤油はショオと言い、味噌はソオと言う。そんなのを見て回り、店主に珍しいものは無いかと聞くと壺《つぼ》が出てきた。

匂いを嗅ぐ。

うん？　これってあれか？

味見をさせてもらった。はいアレだ。

ウスターソースだね。

でもこれは売れていないそうだ。ショオやソオがあるので売れないとか。

ハハハ、それでウスターソースのようものを全部買ったとも。店主もニコニコだ。

これで料理に幅が出るな。良い買い物だった。

なんとかレシピも買えたし、これで材料さえあれば作れるぞ。

お昼は定食屋さんで定食を食べた。これも美味かった。人も好《よ》い。

本当にこの国は良いね。

観光案内所で温泉の出る場所を聞くと意外と近く、ここから一時間だという。かなり有名な温泉らしく昔からあるそうだ。

もう一泊したら行ってみたいと思う。

翌朝。温泉が出る街へと向かう。楽しみだ。

道の状態も良い。整備が行き届いている。

すぐに着いた。かなり風情のある温泉街だ。イメージとしては草津温泉のような感じだろうか？温泉街の中心部に湯もみが体験できる施設とか温泉まんじゅうを売る店とかがある。

せっかくなので少し高級な宿に泊まる。ああ、歴史があるらしく、自然にすっと溶け込むような宿の佇《たたず》まいが素晴らしくて趣があるね。そしてサービスも充実している。

お風呂上がりのマッサージと冷えたエールのサービスにはヤラレタ。良いね。

もう、ここに住みたい。

無料の温泉が街の中にあるようで宿泊している人は鍵を借りて入れる。これも良い。

古びた温泉に入って一息。少し熱いが問題ない。

途中で冷えた水を飲んで一服。良いね。

延泊決定だ。

そこから一週間ほど滞在する。とてもゆっくり出来た。良い所だ。また来たいね。

次はこの国の首都と言われる場所に向かう。どんな所だろうか？


ワグの国の首都である総督府領に来た。

う〜ん、たしかに人は多いが何かギスギスしている。ここには一泊だけして他の所に行こうか。

観光案内所で次に行く場所を選定する。

三時間ほどで行ける場所には、かつてこのワグの国を開いた名君が祀《まつ》られている寺院があるとのことで、観光名所になっているらしい。

そこを次の目的地としたが……。宿に偉い人？　エロい人？　が訪ねてきたようで、その従者がすぐに来るようにと言ってくる。どうした？

まぁ、事を荒立てても仕方がないので付いていった。

が、これが失敗だった。どうやら、総督の三男に呼ばれたらしい。

「おい、お前！　俺に仕えろ！」

と目の前の太った男が訳の分からないことを言ってくる。

「お断りします」

とキッパリキッチリ言ってやる。

「お前、総督の三男であるこの私に楯突《たてつ》くのか？」

「貴方《あなた》は総督の三男であって総督本人ではないですよね。なのでお断りします」

と再度言うと男は顔が赤くなりワナワナと震えだした。

「この者を捕らえて収監せよ！」とか言っているので、動こうとした人間を全て魔法の結界で囲う。

「それは何の罪もない俺に対しての宣戦布告か？」と魔力を全開にして尋ねると、「ヒイイイ！」と総督の三男は失禁して白目を剝《む》いた。

「申し訳ありません！　これは私達《たち》の不徳の致すところです。どうか、どうかお鎮めください」

俺が全力で発する魔力に抗《あらが》いながら一人の男がそう言う。

まぁこの国自体は気に入っているので抑えることにした。

でも、このままでとはいかない。

「では総督に会わせろ。今回の事はこのままで終わらせるつもりはない」

そうキッパリ言うと、男は何かを考えて了承する。


一時間後には面会が叶《かな》う。

そして、「今回の事は誠に済まなかった」と総督は頭を下げる。

話を聞くと三男はどうしようもない男だったらしい。だが今回の一件で廃嫡のうえ、この国からの追放が決定した。ということは海の向こうへ？　まぁ、俺の考える事ではないな。

良い機会？　俺、良いように使われたのか？

まぁ、良い。

その代わり一般人では立ち入れない場所に入れるようにしてもらった。

ワグの国を開いた名君が祀られている場所へと来た。

ここは凄い。魔力なのか分からないが、何かが辺りに満ちている。それでいて静かで空気が澄んでいるような感じがする。

自然と背筋が伸びる。

綺麗に整備された石畳を歩く。いくつかの階段を登った先に大きな寺院があった。

荘厳な雰囲気だ。圧倒されるね。

木造の建物なんだけど彫りの装飾が見事なまでに施されている。

よく見ると中にはドラゴンとかグリフォンの姿も彫られている。凄い。

奥へ進むと別の建物があり、一般の者なら見られるのはここまでのようだ。

でも俺は違う。入り口で人を呼んで書状を見せると中に招かれる。

靴を脱いで中に入ると、そこは大きな空間で天井には煌《きら》びやかな絵が描かれている。

そこにはグリフォンとドラゴンが絡み合うように空を舞う姿があった。凄いね。圧倒される。

更に奥へ行くと大きな扉があり、その先に名君の遺体が安置されているという。

うん、扉の向こうから何かの波動を感じる。なんだろうか？　思わず拝んでしまった。

やや大きな部屋に入ると寺院の偉い方がいた。その方からお話が聞けるという。

うん、面白いね。

お話を纏《まと》めるとこの国の成り立ちだった。

元々この国にも魔獣はたくさんいたが、名君は人々を纏めて少しずつ魔獣を討伐し、魔獣のボスと対峙《たいじ》した時にはドラゴンとグリフォンが人間側で参戦したとか。

名君らとドラゴン、グリフォンが連携して魔獣のボスを倒して国を興したということらしい。そして現在に至る。

なので聖獣であるドラゴンとグリフォンが数多くモチーフとして描かれているのだとか。

ドラゴンとグリフォンは各地で活躍していたのね。

ドラゴンとグリフォンだけでもボスを倒せただろうに、人族と力を合わせてというところが良いね。ドラゴンとグリフォンの配慮が感じられる。

そして話の中で古文書というのがあるとか。これは古代書のことか？　と見せてもらうこととなった。

書院と呼ばれる場所に入ると膨大な量の書物があり、その一角に古文書が保管されていた。その数三百冊。

やはり古代書だ。無理を言って読ませてもらえることとなり、数日の間は寺院で過ごすこととなった。申し訳ない。

小綺麗《こぎれい》にされた六畳の畳の部屋で過ごす。小さな机と座布団一つ。あとは畳んである布団が一組。

ここに古文書を持ってきてもらい、読みながら紙に書き写す。

食事は朝と夕の精進料理だ。でもありがたい。

結局ここで二ヶ月ほどを過ごしてしまった。

お陰で全ての古文書を書き写すことが出来た。詳しく読むのは今後だね。

でも中には興味深いものが幾冊もあり、じっくり読む日が待ち遠しい。

寺院の方達にお礼を言い、寺院を後にする。

あの総督の糞三男も役に立ったね。

今度グリフォンに会ったらこの国の事や名君の事を聞いてみるのも良いね。

さて、次はどこに行こうか？　首都の大きな観光案内所で情報を収集する。

次の目的地が決まった。

上陸した港とは反対側の港町を目指す。ここからだと山を越えた先にある。

峠道を行く。のんびりとした風景だ。人の通りも少ない。

遠くに鳥が飛んでいる。ビッグバードではない。

心地よい風が頬に触れ、さわさわと揺れる森の木々の音に背中を押されるように歩いている。やわらかな音を耳にしながら歩くのもたまには良いかと思い、魔導バイクは収納にしまった。

夕方には山頂に到着。山頂の山小屋に泊まる。

素朴な感じのおじちゃんとおばちゃんが出迎えてくれる。ここも良い感じだな。

夕飯も素朴でほっこりさせられるものだった。

小さなお風呂に入り、風呂上がりに冷えたエールを一杯。

うん、美味い。

さて今日はもう寝る。明日の夕方には山を越えた先にある麓の町に行く。


翌朝、朝食を食べたら出発する。

峠道を下っていく。鳥の声が聞こえて爽やかな朝だ。

順調に進み、夕方には麓の町に到着した。観光案内所で宿を教えてもらい、その宿に行く。

ああ、温泉があるね。

宿は古き良き温泉宿。良いね。あちこちから湯気が立ち昇っている。

部屋は八畳ほどの畳の部屋。

観光案内所で聞いた話では、ここは木工と温泉の町だとか。

夕食前に温泉に入る。

おお、露天風呂もある。風情があって良いね。湯舟の数も多い。

壺風呂？　なんだろうか。壺の中に椅子がある。そこに座るとお湯が溢《あふ》れていく。

何だか茹《ゆ》でられている気分だね。

でも良い湯だ。疲れが飛んでいくようだ。

部屋に戻ると夕食が用意されており、灯《あか》りが灯されている。

きのこ汁と肉料理だ。他には漬物が数点。冷えたエールも頼んだ。

美味い。きのこ汁も肉も美味い。牛肉っぽい肉だ。かなり美味しい肉だったので、帰りに何の肉か聞いたぐらいだ。食べやすいように繊維に沿ってカットされており、簡単に噛《か》み切れて肉汁が溢れる。それが美味い。

もちろん、エールにも合う。

明日は出発の予定だったがもう一泊しても良いね。考えよう。


やはりもう一泊した。翌日は町の中を散歩した。木工の町と言うだけあって木の工芸品が多いね。

漆塗りのようなお椀《わん》とか買ってしまった。

そしてもう一泊して風呂と食事を堪能し、目的の港町へと向かった。


順調なら夕方には着く予定だ。

半日歩いたところで視界が開けてきた。田園風景が続く。この辺は農業が盛んなようだ。

さて、夕方近くに町に到着した。

ここでも観光案内所で宿を聞いて宿泊先を決める。

今のところ観光案内所で聞いた宿は全て当たりだったね。今回も期待してしまう。

おお、ここも良い宿な感じがする。まずは従業員のお出迎え。入り口ホールが大きいね。

中に入り手続きをするとウェルカムドリンクでお茶が出る。お茶菓子も付いているね。美味しい。餡子《あんこ》だろうか？　本当に美味しい。後で聞いてみよう。

案内されたのは四階で十畳の部屋。窓から海が見える。良いね。

部屋を案内してくれた従業員から宿の説明があり、温泉ではないが一階に大浴場があるとか。早速行ってみる。

うん、大きい。露天風呂に打たせ湯とかがあるね。枕が付いた寝湯とかもある。

まずは体を洗う。おお、この石鹸《せっけん》いい香りだ。

サッパリしたら風呂に入る。

「あああ……！」

思わず声が出るね。気持ち良い。

次は露天風呂。これも良い。もう日が落ちて暗くなっているが、辺りにランタンが置かれていて風情がある。空には星が輝いていてとても綺麗だ。

部屋に戻ると夕食が運ばれてくる。

おお、海の幸だ。刺身！　わさびもある！　もちろん、醤油も。

ふふふ、魚介の味噌汁。美味い。泣きそうだね。

刺身も一口。これも美味い。

そしてお酒はなんと清酒だよ。もう買い込むしかない。

一口飲む。ああああ、美味い。

俺が濁り酒から作ったなんちゃってとは違う。辛口だが美味い。刺身に合う。

く〜！　もう連泊決定だ。買い物もしよう。清酒に餡子も欲しい。餅米もありそうだ。

翌日、まずは一週間連泊すると宿に伝えて買い物だ。宿で清酒や餡子が買えるお店を紹介してもらう。

まずはお酒だ。

試飲が出来るようだね。おすすめをいくつか試飲する。どれも美味しい。悩むね。という事で全種類を数樽《だる》ずつ買い込む。味醂《みりん》と酢もあった。もちろん、買った。コメ酢だよ。

次は餡子。和菓子屋さんのようだ。

おお、大福とか色々とあるよ。お団子だ。みたらしに磯辺《いそべ》に餡子。

はい、全部買った。遠慮はしないよ。次はいつ来られるか分からないからね。

他にも港で数種類の干物を買い、昼は本場の海鮮丼を食べる。美味い。そしてエール。

魚屋さんで刺身の盛り合わせをいくつか作ってもらって買った。これでいつでも食べられるね。

おお、ワカメもある。昆布も。ホクホクだ。


一週間は買いまくって過ごした。本当にホクホクだ。大浴場と料理も堪能した。

また明日からは海へと向かう。

翌日は朝から港。適当な場所に船を出して出港する。

目指すは隣の大陸。予定では夕方過ぎには着く感じだ。

もう、沖に出た。飛ぼう。

上空を順調に進む。う～ん、どこかで空を飛ぶ専用の船を作りたい。どこか良い場所はないだろうか？

まぁ、新大陸に行ってみてからだね。


嵐にも遭う事なく陽《ひ》が沈む頃には大陸が見えてきた。

今日は上空で一泊し、翌朝に着水して上陸しようか。

夕食は刺身をつまみながら清酒を飲むことにする。

ふふふ、楽しみだ。

月に照らされた海と、月と星を眺めながらデッキで食事をする。

机と椅子を出して刺身と清酒とガラスのお猪口《ちょこ》を出す。

適当な入れ物に清酒を入れ、お猪口に注いで一口。

美味い。これは飲みやすい。

刺身をつまみながら夜空を見上げる。

満天の星だ。空気が綺麗なんだろうね。でも地球で見たことのある星座はない。まぁ、当たり前だよね。

ふと思う。ここは次元の違う世界なのか？　それとも地球から離れた遠い銀河なのか？　まぁ、考えても分からないが。

さてもう一口。

美味い。

明日からの新しい大陸はどんな場所だろうか？　楽しみだね。

第二章　新大陸と獣人国

翌朝、着水して海岸線を進む。

う～ん、半日進んだが港や集落は見えない。

それから二時間ほど進んだところで集落が見えてきた。大きな港ではないが行ってみよう。

船を仕舞って上陸するとその集落には人がいなかった。

放棄された集落のようだが内陸へと続く道がある。

そこを行ってみよう。だが夕方が近いので今日はここで野営だね。

久しぶりに火を焚《た》いて野営をする。

夕食は気分的にボア丼。なんか野営はボア丼のイメージだ。これも久々で美味《うま》いね。

今度はワグの国で買った醤油《しょうゆ》と清酒を使って作ってみようかな。清酒は一番安いやつで良いだろう。

毛布にくるまって結界を張ったら寝よう。

さて翌日。内陸へと続く道を歩く。

魔導バイクでも良いのだが、道の状態がよくないし、景色も堪能したいのでゆっくりと行こう。

昼頃まで歩き続けたが人の気配がしない。昼食の休憩でサンドイッチを食べたらもう少し進んでみようか。こんな事ならワグの国で調べてくれば良かったね。最悪、ワグの国に戻れば良いか。

夕方まで歩いたが集落などはなかった。だが道は続く。

雑草も少なく、建物自体は残っているから最近放棄されたように見える。

特に争った跡もなかったし、どういう事だろうか？

仕方ないね。今日はここまで。野営をしよう。

それから二日歩いたところで集落を見つける。

ここも誰もいない。だけど争った跡があるね。

いくつかの家が焼け残っている。血の跡もあるが死体はない。

残っている家を見てみると生活感がわずかにあって、放棄されたのは最近だと分かる。

何か紛争でも起きているのだろうか？

今日も、集落から少し離れた所で野営だね。

翌日、集落を越えた道を歩く。

もう少し進んで何も無かったら引き返し、ワグの国で情報収集かな。

二時間ほど歩くと道の脇の草むらがガサゴソと揺れる。

そして……、小さな獣人族の子が三人駆け寄ってきた。

「待ちなさい！」

と三人の後ろから犬獣人の少女が続く。

獣人の子達《たち》が呼び止めた少女の声に従って止まる。

しかし、ダァーッと音が出るようにその子達は俺にしがみつき、クンクンと匂いを嗅いでいる。

「美味い匂いがする！」

「本当だ、美味い匂いだ！」

「このひとが、おいちい？」

俺は食べられないよ、と収納からハンバーガーを三つ取り出してみる。

三人はハンバーガーに釘付《くぎづ》けだ。右に動かせば右。左に動かせば左。涎《よだれ》も垂らしてるね。

そして渡してみる。

ハンバーガーと俺の顔を交互に見ているので頷《うなず》くと一斉に食べ始めた。

「美味い！」

「こんなの食べたことがない！」

「おいちい」

とパクパク食べる。

少女を見ると震えている。また茂みが揺れ、背は低いが屈強なドワーフの男達が六人出てくる。

「ミーアどうした？　坊主どもは？」

と先頭の一番屈強な男が少女に声を掛ける。

そしてこちらに気付くと、

「人族！　まだいやがった！　子供達には手をだすんじゃねぇ！」と言うが、獣人の子達は食べ終わったまま俺の足にしがみついている。

「この人族！　子供達を返せ！」

子供達はまだハンバーガーの匂いにつられて俺にしがみついている。そして男達六人は俺を囲んで槍《やり》を構える。

そこに更に茂みから若いウサギ獣人二人と山羊《やぎ》獣人の青年が出てくる。

「これはどういうことですか？」と山羊青年。

「あいつは集落を襲った連中の仲間に違いない！」と屈強な男が言っているが、子供達は俺から離れない。

状況を説明しようとすると、また茂みから人族の男達二十人が現れる。

「頭《かしら》！　いやしたぜ」と泥にまみれた男。

「おう、これで依頼は達成だな」とずんぐりとした男が言う。

「おい、お前は人族だろ？　その子達をこっちに寄越《よこ》せ。人族だから命はとらねぇ」とニヤリと笑う。

はい、信用度ゼロだしこのモフモフチルドレンは渡さないよ。

「盗賊だよね。分かるよ」と二十人を結界で包む。そして闇魔法で頭の中を覗《のぞ》く。

「とんだクズどもだね。死になさい」と空気を抜く。

少しの間もがいた後、息絶える。

獣人さん達はぽか〜んとこちらを見ている。

「あなた達はどこかの集落の方達ですか？　この者らに襲われたとか」

「は、はい」と震えながら犬獣人の少女が答える。

「この者らは奴隷商と繋《つな》がりがある者だと分かりました。他の方達が捕まっている場所も分かったので行きましょう」とズンズンと歩いていく。盗賊達は収納済みだ。

後ろから獣人達がついてくる。獣人の子達は俺にしがみついている。重い。

三十分歩くと何やら馬車が数台と天幕が見えてきた。

とりあえず殲滅《せんめつ》だね。モフモフに手を出すとか信じられない。

新たな敵は三十人で十人は魔法師だね。すぐに魔法師達を結界で包んで中を水で満たす。はい、魔法師達の無力化は済んだ。ゾロゾロと出てくる良い装備の奴らも首を風魔法で切り落とす。

最後に太った商人は結界で覆う。まぁ、ひとまずはこれで良いだろう。

馬車に載せられた檻《おり》がある。

全ての檻の鍵を壊して捕らえられた獣人達を解放する。

怪我《けが》をしている獣人が数人いる。ああ、酷《ひど》い。腕が斬られて断面を焼かれている。

生命の実をジュースにして無理やり飲ませる。すると腕が生えてきた。

他の獣人達は回復魔法で大丈夫なようだ。さて治療は終わったので事情を聞こうか。

獣人達が落ち着いたところで詳しい事情を聞く。

ここにいるのは初めに会った十三人と助けた四十三人で、種族は様々だ。

「助けてくれた事には礼を言うが、お主は誰だ？」と一番屈強なドワーフの男が言う。

「私は数日前にこの先の海沿いの集落に船で上陸しました」

「ではワグからか？」

「元は違う所から来たのですが、今回はワグの国からです」

「ではこの国の人族とは関係ないと？」

「関係がありませんし、獣人に手を出す輩《やから》は許しませんよ」

「……分かった。信じよう」

「では事情をお聞かせください」

「分かった」

おおよその事は分かった。人族の国が連合を組んで獣人族を奴隷にしようと侵攻してきていると。

そして今までは身体能力が高い獣人にはあまり手を出してこなかったが、人族国での魔法技術の発達によりその関係性が変わったという事らしい。

ということで倒した魔法師達を調べると全員杖を持っている。

調べると触媒宝石が付いていた。ダイヤモンドだ。これで無属性魔法を補助するのだろう。一つだけ分解すると魔法陣が描かれている。ふむ、これはアロー系の成形補助と射出補助が出来る杖だ。

なるほど無属性魔法の熟練度が低くても属性魔法が飛ばせるのだな。これは面白いね。こんな使い方があるとは。

これが獣人族が一方的にやられている原因だろう。

獣人の身体能力が発揮される前に攻撃されるのか。これは考えたな。

商人の頭の中も闇魔法で覗く。うわ～こいつはクズオブクズだ。

「大体の事情は分かったし、その原因と思われることも分かったが、貴方《あなた》達はどうしたい？」

そう聞くと獣人達は互いに顔を見合わせる。

一人の獣人が、「それはもちろん、前の生活を取り戻したい」と言うと周りの獣人達も頷いた。

「では、敵をなんとか出来る手があると言ったら？」

「もちろん！　そんな事が出来るならなんとかしたい！」

「では何とかしよう」と俺は笑ってみせた。

「どうするんだ」と一番屈強なドワーフの男が聞いてくる。

「この中で鍛冶や魔導具に詳しい者は？」

「俺らだ」とドワーフの六人が答える。

どうやらこの先の鉱山街で鍛冶と魔導具製作を行っていたが、人族が攻めてきたのでこちらに逃げてきたらしい。

それで初めに会ったウサギ獣人の二人と山羊青年は鍛冶ギルドの職員なのだとか。犬獣人の少女と獣人の子三人は鉱山街の養護院の子達だという。鉱山で亡くなった獣人の子達で、四人は小さい頃にそれぞれの母親を流行病《はやりやまい》で亡くしているのだとか。

他の獣人達は途中の焼かれていた集落の住人だという。

海岸沿いの集落の獣人達は知らせにより逃げて無事だそうだ。


まずは一度集落に戻り態勢を整える事となった。

チャチャッと集落の建物を直し、なんとか住める状態にする。

そしてドワーフの六人と打ち合わせ。

ドワーフの名前は親方のドルン、弟子のグロウ、ラント、ガロウ、ミド、レンダスの六人だ。

魔導具製作の技術はそれほどでもないが鍛冶は出来る。特に親方のドルンは獣人国の中でも有数の腕前だという。弟子の中には革細工や木工が出来る者もいる。親方は全てに精通しているとか。

何とかなるかな。

動けそうな獣人二人に、他の獣人達が隠れていそうな場所へ向かうようにと伝令を出す。

けれど戦える獣人が少ないので何とかする。

スライム材と頑丈な革でバックパックを作成。

その中に燃料となる魔石と魔法陣を描いて入れる。これで完成だ。

ようは獣人の身体能力に人族は勝てないので、魔法や弓矢を結界で防いで近づければいい。

それで結界を発動出来るこのバックパックだ。

背負って発動すると、こちらからは手を出せるが結界の外からは魔法も物理攻撃も届かない。

これで解決だ。

あまりに簡単な方法なのでドワーフの六人は口を開けている。大丈夫？

そこからは早い。特に難しい事は無いので材料も俺が出して作っていく。半日で五十セット完成。

そして武器を製作。よく切れる剣と丈夫な盾、これも五十セット用意した。

翌日、伝令が届いたのか犬獣人が四十名、狼《おおかみ》獣人が四十三名、豹《ひょう》獣人が三十四名、白虎獣人が十五名が集まってきた。

そこから戦える獣人を選抜。犬獣人から十五名、狼獣人から十二名、豹獣人から十一名、白虎獣人から七名の合計四十五名。そこにドワーフ六名が加わる。

色々聞くと獣人族は魔法は不得意だが身体強化や探知といった分野は得意なようだ。気配も消すのが上手《うま》い。

足りない一セットと予備をいくつか作り、翌日鉱山街の拠点を攻めることになった。


翌朝、鉱山街へと移動を開始。

一時間半で街近くへと到着した。昨日、一応の訓練は行った。魔法が効かない獣人はチートだ。

走っても足音がほとんどしないし速い。強化をした身体能力は驚異だ。

二手に分かれて進む。初めの一隊が正面の門でわざと見つかる。

そこに敵の魔法師達が並んだ。ニヤついた敵の指揮官が号令をかける！

魔法が多数飛んでくる。おお、これは無属性魔法の補助が効いていて射程距離もあるな。

だがね。結界を発動した獣人達は止まらない！

敵は魔法の噴煙から出てきた獣人達に焦ってバラバラに魔法を撃つが、もちろん当たらない。

そこからは虐殺だ。もう一隊も反対から強襲して恨みを晴らすように敵を蹂躙《じゅうりん》。

簡単に鉱山街を取り戻す。

ここにいた戦闘員の人族は全員倒した。

これでここが獣人の国を取り戻す前線基地となる。


数日が経《た》つと、続々と散らばっていた獣人達が鉱山街へと集まってくる。

これで戦える獣人達が二百名を超えた。

獣人達は狩りも得意だし森の幸にも詳しい。食糧も問題無い。

みんな戦意が高い。自分の住家を追われた者達は特にだ。


次の目標地点が決まり移動を開始する。目標は獣人国第三の都市と言われる都市モツワナだ。

ここには多くの獣人達が捕らわれている。

移動速度が速く、ほとんど足音も出さずに二百名を超える獣人達が森の中を進む。

四時間の強行軍でモツワナ近くに到着。都市を囲む壁の上に兵士が見える。

数人の獣人が死角から壁を登り兵士を制圧。侵入路を作る。

続々と獣人達が内部へと侵入していく。

散発的な抵抗はあるが各個撃破していく。

ここまでで獣人達を千人近く解放している。その者達の情報から敵の本営が判明した。

周囲を制圧しつつ敵本営であるかつての領主館へと進む。

その旧領主館前では五百人を超える魔法師達が待ち構えていた。

「ふふ、獣人どもめ。目に物見せてくれるわ」と司令官は嘯《うそぶ》く。

魔法師達は杖を前に掲げて魔法の発動準備をする。

獣人達は結界を発生させて突撃。そこに多数の属性魔法が着弾！　その威力で辺りは視界不良となるがそこを抜けて獣人達が敵に肉薄。

「な、何だと！　もう一度だ！　放て！」

近距離で獣人達に魔法が到達するが、獣人達は結界で無傷。

魔法師達を蹂躙し敵指揮官も討ち取り、獣人達は勝鬨《かちどき》を上げる。

あとは残敵を掃討。これにてモツワナを奪還する。

更に数日が経《た》つとリトガイア獣人国の王族が合流。

他にも獣人の戦士や狩人《かりゅうど》が参加し、総勢二千人を超えた。

俺が装備を製作して配備をしていると、突然王族に呼ばれる。

「其方《そなた》は人族であろう」

「そうだが？」

「捕らえよ」と王族は命ずる。

周りの者は躊躇《ちゅうちょ》するが捕らえようとこちらに近づいてくる。

「それがお前らの恩の返し方か？」

王族は「恩など知らぬわ」と笑うが、俺は魔力を全力で吐き出す。

周囲の視界は魔力で歪《ゆが》み、息も出来ないほどの圧迫を感じる事となる。

「死にたいのか？」

「あああぁぁ」と涎を垂らし股間を濡《ぬ》らす王族。

周囲の獣人達も尻餅をつき歯を鳴らす。

とりあえず王族の頭をハゲ頭にする。風魔法で髪を刈り取ってやった。

「ヒィイィッ」と誰かが叫ぶが知らない。

俺は魔力を抑えぬまま外に出る。

「コウ！　どうした！」とドワーフのドルンが魔力に抗《あらが》いながら声を掛けてくる。

「ドルンか。お前らは恩知らずなんだな」

「ど、どういう事だ」とドルンは苦しそうに言う。

「ああ？　王族が来て俺が人族だからと拘束しようとしたぞ」

「馬鹿な！　ここまで盛り返せたのはコウのお陰だというのに」とドルンは奥歯を噛《か》み締《し》める。

「だからな、俺はこの国を出ていく」

「ま、待てコウ。恩知らずな者どもと一緒にするな！　これからの事は一緒に考えよう」

そこで俺は魔力を抑える。


ドワーフの親方ドルンに引き留められた俺は、人族から取り戻した鉱山街に戻ってきていた。それぞれの集落を焼き払われてしまった獣人族達の日常を取り戻すまでは、新たに仮設の住居で生活をしている。

集会所に入ると、犬獣人の少女ロル、猫獣人の男の子ロンとイル、そして狼獣人の女の子マルが出迎えてくれた。そこにドルンと弟子達五人、山羊獣人の青年のオルクとウサギ獣人の姉妹ミスとケイが集まってくる。

事情を聞いた獣人達は憤る。それで一緒に出ていく事となった。

翌朝、家が獣人の騎士に囲まれる。

「罪人コウ、出てこい！」

獅子《しし》獣人の騎士が声を張り上げる。俺が出ていくとその獅子獣人はニヤリと笑う。

「大人しく連行されろ！」

獅子獣人はそう言うが、俺はお構いなしに近づいていく。

獅子獣人は笑って結界を発動するが、拳に魔力を纏《まと》って殴るとパリンッと結界が割れる。

そして腹に拳を一発入れる。吹っ飛ぶ獅子獣人。それを他の獅子獣人の騎士が唖然《あぜん》と見つめる。

「お前らは恩知らずのクズだな！」

俺がそう言うと、獅子獣人の騎士は剣を抜く。

そこに周りの獣人達から獅子獣人の騎士に石が投げられる。

徐々に人が集まり、みんなが騎士に石を投げる。

「やめろ！　こんな事をして後で分かっているのだろうな」と騎士が言うが石は投げられ続ける。

「お前らは襲ってきた人族と変わらん事をしているのが分からんのか？」

ドルンが騎士に向かってそう告げる。

「何を貴様！」

騎士はそう言うが、そうだそうだと周りの獣人達も同意して石を投げ、騎士達はたまらず逃げ去っていった。

周りの獣人達は俺を心配してくれる。ある者は怪我を治した事を、ある者は食糧を提供して料理を振る舞った事を、そして助け出した事を感謝してくれた。

少し涙が出そうになった。ああ、頑張ってよかったなと思う。

ドルンが肩を叩《たた》く。そしてニカッと笑う。

嬉《うれ》しいな。助けてよかったよ。でも出て行かなくてはならない。

ここまですればもう良いよね。もう彼らは大丈夫だ。

鉱山街から出ると、

「コウ」と声を掛けられる。

そこにはドルンと弟子の五人、山羊青年のオルクにウサギ獣人の姉妹ミスとケイ、そして犬獣人の少女ロルに半分寝ている子供達の三人がいた。

なんで？

「置いていこうなんて思ってないよな」

「そうですよ。置いていくなんて酷いですよ」

ドルンとオルクがそう言って俺を引き止める。

キシシと笑うウサギ獣人の姉妹、そして少し涙目な犬獣人のロル。

「分かった分かった。で、どうしてだ？」

「そんなの恩を返すためだし、それにな、コウについて行った方が面白そうだ」とドルンが言う。

それを聞いたみんなも頷く。

「恩なんていいぞ」

「そうはいかんな」

そう言ったドルンの横で姉妹がキシシと笑う。

「まぁ、いいか」

俺は諦め、二台のファントムワゴンを収納から取り出す。

「な、なんだこれは！」

ドルンと弟子達が目を見開いて驚く。

ドルンに動かし方を教え、そちらには弟子五人が乗り、こちらにはオルクと姉妹に犬少女と子供三人が乗る。

「どこに行くんだ？」

ドルンが聞いてくる。

「一度海岸沿いの集落に行って移動手段に出来るものを製作する」

「うん？　これではダメなのか？」

「ちゃんとした道があればいいが子供もいるしな。特別なものを作る」

「おお、それは面白そうだな」

ドルンは笑ってそう言い、弟子の五人も目を輝かせている。

「では行くか」

そしてファントムワゴンを動かす。

ドルンはおっかなびっくり動かしていたが、三十分も操作すると慣れたようでちゃんと後をついてくる。

途中でオルクにも操作を教えて代わる代わる動かしていく。

後ろのドルン達も途中弟子達が代わる代わる操作しているようだ。

そんなこんなで数日で海岸沿いの集落へと到着する。

とりあえず魔法で住環境を整えると、

「で、何を作るんだ」とドルンが前のめりになって聞いてきた。

何かウズウズしているようだ。

紙を一枚取り出し、製作物の全体像を簡単に描いていく。

「船か？　でも何か違うな。何だこれは？」

「空を飛ぶ船、飛空艇だ」

「おい、そんな事が出来るのか？」

「出来る」

収納から船を出して海に浮かべ、ドルンと弟子の五人を乗せる。そして空へと上昇していく。

「おいおい！　こりゃぁどういう事だ！」

興奮気味なドルンと弟子の五人。着水して構造を見せると目を点にしている。

「これだけで飛べるのか？　まぁ、あの魔力増幅炉は分からんが」

「そうだ。だが前に進むには他の動力が必要だ」

船にデカい扇風機のような推進機を取り付けて、もう一度上昇してプロペラを回して前進してみせる。

「おお、こりゃあすげえな」と感嘆する六人。

着水してしばらくすると、狼獣人と犬獣人の若者三十人が凄《すご》い速さでこちらへ駆けてくる。

「敵か？」

「コウさん！　置いていくなんて」

話を聞くと彼らには身寄りがなく、俺に恩を感じて追ってきたのだそうだ。

「そうか」

俺はドルンと顔を見合わせて苦笑する。とりあえず彼らの住環境を整えてこれからの事を話した。

まぁ、彼らは行く所が無いのでついて来ると、それに面白そうだしとか言っている。

そんなこともあり、当初の計画より人数が増えたので設計を変更する。大型化だ。

形も変更する。居住区も充実させたい。一応、念のため定員は百五十名程度とした。


船体を造り始めて数日が経ったある日、狩りに行っていた狼獣人達が羊獣人の家族四人を連れてきた。どうやら人族が襲ってきた時に逃げたのだが、森で迷ったようだ。この四人は元々鉱山街で宿を運営していたとか。

事情を話したら街に戻らなくてもいいから連れていってくれと頼まれる。

何で？　鉱山街に経営する宿があるんだよね？

羊獣人のルーラさんによるとロマンがとか言っている。そうか。

子供達と奥さんはどうしますか？　と聞くが、奥さんのメロさんも目をキラキラさせて世界を回るのねとか言っている。上の娘のアルちゃんと弟のロル君は何でも良いようだ。

羊獣人はおっとりというかのんびりで大らかだね。「迷ってしまったアッハッハ」だからね。
でも料理が出来て、洗濯や部屋の掃除が得意なんだとか。これは助かるかもしれない。
料理はいつも俺が作っていたから、これからは食材だけ渡してある程度料理をこなしてもらえれば良いかな。

船体がかなり出来てきた。

そこでファントムギアを改造したファントムウォーカーを製作してみた。

これはファントムギアの前部に細かい作業用の五本指のアームをつけて、背中のバックパックから大きなアームで重量物を運べるようにしたものだ。

これを使ったドワーフ六人は大はしゃぎ。作業が大幅に進む。

これを見ていた犬獣人と狼獣人の若者が乗ってみたいと言い出したので、乗せてみたら機体の性能を何倍にも引き出していた。これは獣人族だからかな？

ファントムウォーカーを気に入った彼らは代わる代わる乗っては狩りに出掛け、大物の魔獣を狩ってきた。

この様子を見ていた他の獣人達も欲しくなったようで、飛空艇の製造を一旦止めてファントムウォーカーを量産し、全員分を製作する。

これで当分は遊んでいてくれるかな。

終わりが見えてきた。あとは内部を仕上げていくだけだ。

大型の魔力増幅炉を四基製造し、船体後部に設置する。その前に結晶化した大型合成魔石を二個配置。そして大型合成魔石の上下に魔法陣を配置する。下部の魔法陣と魔力増幅炉を魔力線で繋げ、上部魔法陣からは各魔法陣や魔導具、制御魔法陣へと繋げる。

十重《とえ》に重ねた演算魔法陣四つと制御魔法陣を魔力線で繋げ、各機能拡張魔法陣も繋ぎ合わせて魔力増幅炉を始動させる。

魔力が大型合成魔石に補充されていく。

制御魔法陣を通じて演算魔法陣が機能する。これが各魔法陣を最適化して制御していく。

空中に浮遊する結界魔法陣が輝き、船体が薄《うっす》らと光に覆われる。そしてゆっくりと姿勢を制御しながら一ｍほど浮く。成功だ。

艦橋《ブリッジ》で各表示をチェック。問題ない。まだ、全ての機能には魔力を通していないので何とも言えないが、これで船体を浮かせることには成功した。

次は船体前中部にある居住区を仕上げていく。艦長室、食堂にミーティングルーム、娯楽室、小会議室、中会議室、大浴場、個別シャワールーム、トイレ。これらが上部で、上から二層目が居住区になる。

居住区は一人部屋を多数。二人部屋を十、四人部屋を五部屋用意。トイレは別だ。この層の各所に六つ用意してある。一応、給湯室も完備。

最下層はトレーニングエリアと倉庫。

後部エリアは機関室（大型合成魔石、魔力増幅炉、演算魔法陣や各種魔法陣）。

艦橋後ろから後部甲板までは格納庫と製作・修理室になる。

形状は船体の先端がマイナスドライバーのように横に平たくした感じで、艦橋はかなり前に突き出したように設置されていて、前方と左右、さらには上下と広範囲に見えるようになっている。全長は百五十ｍにもなる。イージス艦よりは短い。船体の高さは十五ｍ（最厚部、艦橋・格納庫は除く）、幅は二十ｍ。

格納庫部は艦橋より一ｍ下がり、後部まで続く。艦橋後部にもガラス窓があり後部や後部上空を目視出来るようになっている。

前部甲板のスペースには十二基の魔法発射口があり、戦闘時以外は蓋が閉まっている。魔法発射口には誘導式遠距離火魔法の触媒宝石が入っている。これは大型の合成ルビーで、射程距離は七十㎞。同時目標捕捉誘導可能数は十二。基本はジャベリン系である。

後部格納庫外壁面の左右に二十基ずつ、上部にも十二基の魔法発射口が設置してある。これらには、近中距離誘導魔法の触媒宝石が入っている。触媒宝石は火、風、水（氷）、土の四属性の触媒宝石だ。各属性を八基ずつ。これは射程五〜三十㎞の魔法である。基本的にはアロー系かボール系だ。中距離でアロー、近距離でボールを使う。

後部格納庫の製作・修理室には結界を使った魔導炉があり、鍛冶が行える。他にも結界魔法と無属性魔法で作られた各種魔導工作機を用意（魔導旋盤、魔導フライス、魔導ノコ、魔導ＣＮＣなど）。

壁で仕切られている後部格納庫の天井高は九ｍで、天井クレーンを完備。今のところはファントムウォーカーが六機があるだけだ。一応、立体式魔導ファントムギア、アーマー駐機庫も完備している。収納可能数は三十六機。上下二段、横六列、縦三列。そこに入っているのは俺のソーサリーアーマー一機のみ。

後部船体の外壁には魔導ジェット推進機の大型が二基、中型が四基搭載。場合により通常の魔導ジェットは風魔法で圧縮した空気を送り込み、火魔法で爆発的に膨張させて推進力を得るが、時には風魔法の圧縮空気のみで飛行も可能。巡航時は中型魔導ジェットで時速三百㎞。加速時では大型魔導ジェットで時速八百五十㎞にもなるが、魔力の関係上で持続時間は三十分となる。今後はここが改善点の一つだ。そして推力偏向制御能力も完備。

他には各所に姿勢制御用の小型魔法陣スラスターを配し姿勢を細かく制御。方向もこれで通常は変える。

最後に飛空艇全体を守る結界発生装置を取り付けて完成だ。

今は魔導アンカーで四箇所を固定して一ｍの高さで停止している。

一応格納式のスキータイプの足が八つ付いている。

船体の色はグレー。白にしたかったが、手間が掛かるのでグレー。

まぁ、良い良い。完成だよ。ドワーフの六人はやり切った顔をしている。満足そうだね。

これから試験飛行をする予定だ。これには全員乗せていく。いない時に何かあったら嫌だからね。他にも使い勝手や改善点の洗い出しも兼ねている。

結界の昇降機で獣人達のファントムギアを後部甲板に格納していく。

他の場所でも結界昇降機で物資や生活用品を載せて人も乗せる。

艦橋にはオルクとウサギ姉妹の二名。通常の操作はこの三名で行うが、今回は艦長席に俺が座る。

他のみんなは後部デッキに出ているようだ。

「発進」

「発進します」

　オルクが復唱する。

「目標ワグの国」

「復唱します。目標ワグの国」

「設定しました」

「巡航速度に移行」

「巡航速度に移行します」

　空を飛ぶ船が徐々に速度を上げる。

「目標速度に到達しました」

「そのままを維持」

「了解、速度を維持」

「立体周囲観測装置始動」

「立体周囲観測装置始動。全周囲九十㎞を表示します」

「オルクさん、では交代で監視をお願いします」

「了解です。艦長」と笑顔なオルクさん。


　さて艦内を回ろうか。まずは食堂だね。

　大きなキッチンでは羊獣人のルーラさんと奥さんのメロさんが忙しく料理を用意している。

　娘のアルちゃんと息子のロル君も食堂の机を拭いたりして手伝っている。忙しそうだな。

　後部機関室エリアに行くとドルンの弟子のドワーフ三人が忙しく動き回っているね。

次は上に上がり格納庫エリアに行く。製作室には誰も居なかった。先に行くとドルン親方と弟子二人が忙しく立体駐機庫を操作して獣人達のファントムギアを格納している。

「どうだ？」

「う〜ん、この立体駐機庫は便利で良いのだが、出し入れの時間が問題だな。一度に一機では時間がかかり過ぎる」

それはそうだな。う〜ん、なら下前面を全て出し入れ出来るようにして、終わったら入れ替えてまた下前面全部出し入れ出来るようにすれば良いかな。

少し魔法陣を書き換えて実行。

「これなら大丈夫だ」とドルンは言う。見ている獣人達もホッとしているようだ。

他にもトレーニングエリアや倉庫、娯楽室などを見て回る。

特に問題ないな。このへんは使い始めてから改善だな。

数日。試験飛行としてあちこちを飛び回りながらワグの国に近づくが、ワグの国の上空には入らない。

問題が出たら面倒だからね。

この数日間で新たに色々と決めた。

獣人隊は一チーム五人編成で六チームに分けた。

このチームの任務は交代で休憩、訓練、艦内哨戒《しょうかい》といったことをした。これで少しはメリハリが出来て緊張感が保てそうだ。

他には獣人達の要望でトレーニングエリアにトレーニング機器を設置。筋肉に大きな負荷を与えられるようになり、獣人達の体が更に逞《たくま》しくなりそうだ。

暇な時には羊獣人夫婦に料理を教えたり娯楽室で子供達と遊んだりした。

トランプは大人達にも好評で、すぐに人気が広がってよく遊ばれた。

そして、獣人達の全てのファントムギアにバックパックを取り付けた。これは魔法攻撃装備ではなく、結界のパラシュートと魔法陣スラスター機能用の装備だ。

これにより、上空からファントムギアで降下してスラスターで機体を制御しながら目標地点に降りることが可能となった。最近は大陸側の陸地で降下訓練を行っている。

これで必要になったのは降下後に機体を回収する手段だ。これは魔導浮遊機としてファントムギア五機を載せることが出来る飛翔《ひしょう》機を製造した。操縦は獣人達だ。

獣人達は、面白がって何度も降下しては飛翔機で戻るを繰り返していた。楽しそうで何よりだ。

久しぶりに新大陸の海岸沿いの集落へと帰投。

すると獣人達がチラホラ見える。どうした？

高度を下げると地上にいる獣人達が驚いている。

すぐに艦内の獣人達が結界昇降機で地上に降りる。

事情を聞くとどうやら俺達を追ってきたらしい。

獣人達は王族派と住民派に分裂し、少数の王族派は劣勢だとか。そんな争いに巻き込まれるのが嫌な連中がここに来たという事らしい。

どうでも良いね。まぁ、来た人達は助けよう。

そんな彼らの人数は五十人。家族連れが多い。多人数に対応した部屋を増やさないとだね。

ドルンと相談して部屋を改造。何とか人数分の部屋を確保した。他にも外が見える遊覧室も設置。これは感覚共有の魔法陣を改造して外の様子を壁面に投影するものだ。この遊覧室は船の左右に一つずつ設置。気分転換が出来る場所になれば良いね。いずれはここも拡張して植物でも植えようかな。

あとは後部の甲板下側面に通路を設けた。運動不足の解消も狙ってジョギングなどで一周出来るようにした。ここにも左右と後部の壁面に外の様子を投影しているので、景色も良い。

奥様達や娘さん達の何人かは食堂の手伝い、男衆は艦橋の交代要員とし、管理はオルクさんに任せた。他にもドワーフチームの手伝いや戦闘チームの予備戦力としても訓練している。

第三章　エルフの国

艦内での生活にも慣れてきたところで新たな目標地点へ出発だ。

目指すは森の奥だ。

森の奥は獣人達《たち》も入った事がなく、言い伝えではエルフの国があるとか無いとか。右の方に見える山脈を越えるとそこも何があるか分からないと言う。もちろん、後ろは獣人族の国とその先に人族連合の国々がある。

壁に映し出された地上の映像では森が濃い。前後左右、森、森、森だ。何だか魔獣の森を思い出すがそれほど強い魔獣はいないという。これも言い伝えではグリフォンとドラゴンのお陰だそうだ。

グリフォンとドラゴンはどこでも大活躍だね。

さて、しばらく進むと違和感を覚えた。何だろう？　何かを抜けたようだ。

おお、何やら天まで届く巨木が見える。あれはいわゆる世界樹だろうか？

ああ、胸が高鳴るね。

なんとロマン溢《あふ》れる光景だろうか。

さっきのは幻影の結界で世界樹を隠していたんだろうね。

流石《さすが》に空から侵入される事は考えてないようだ。このまま進もう。

世界樹らしき木の近くまで行くと眼下には街が見える。樹上都市のようだ。これにも期待に胸が膨らむね。聖域で見た神様の木くらいの大きさの木が何本も生えていて、ツリーハウスがいくつも見える。木と木の間には吊《つ》り橋《ばし》が見え、地上には大きな建物がいくつもあるようだ。

あそこがいいだろうか？　広場が見える。

広場の上空で停止し、獣人の二チームとドワーフの六人と俺とで降りる。

さて、どうなるだろうか？

結界昇降機で降りた地上には、銀髪のエルフの兵士と思われる数十人が広場を取り囲み、その周

りを一般人と思われる銀髪のエルフ達が遠巻きに見ていた。

「お前達は何者だ！　ここへ何をしに来た！」

前に出てきた兵士の一人が声を張り上げる。

「観光です」

「え？　なんて？」

「だから観光です」

「は？　なんて？」

「ですから観光です」

俺がそう答えると、銀髪のエルフは頭を抱える。ドルン達は苦笑いだ。

ここでは何だからと兵士の詰所へ行くことになった。


「でだ。何の用で来た？」

「えっと、観光です」

「ハァ～分かった。少し待て」

詰所にいた兵士はそう言って部屋を出ていく。

しばらくすると身なりの良い銀髪のエルフが現れる。

「この者達です」

先ほどの兵士がそう言うと、上質そうな服を纏《まと》った銀髪のエルフが目の前に座る。

「お主らはこのグレイエルフの国へ観光に来たとか？」

「はい、そうです」

「……まあ良かろう。では、空に浮かんでいる物はなんだ？」

「簡単に言うと空飛ぶ船です」

「ほう、空飛ぶ船か」

「百人以上の人が乗って生活しています」

「ほほう、興味深い。では私らでも見学は可能かい？」

「可能ですよ」

「では見せてもらおうか。観光の件はその後で構わんか？」

「はい、構いませんよ」

「よし。それでは私と兵士の四人で乗せてもらいたい」

「はい、いいですよ」

「では参ろうか」

グレイエルフは歩いて外に出る。護衛らしき兵士は渋ったが最後には了承させられていた。


結界昇降機で後部甲板に上がる。

「これは凄《すご》いな」とグレイエルフが驚く。

たしかに上空から見る世界樹とグレイエルフの街並みは壮観だ。

次は艦内を案内する。多くの人が乗って生活している様子にも驚いているようだ。

一通り見てから地上へと降りる。


「すまなかったね。では君達の観光を許可しよう。許可証を発行するから少し待っていてほしい」

「分かりました」と返事をして待つことにする。

二時間ほど待ったところで、三十もの許可証を渡される。誰が使っても良いらしい。

俺とドルンの許可証だけは個人用に発行されたもので、ある程度の場所には入れるそうだ。この許可証で入れない場所があったら相談してほしいと言われた。

一応、通貨が異なるので魔獣の皮などを買い取ってもらって資金を得た。

この大陸では魔獣が少ないようで、貴重な高位魔獣の素材は高値で売れた。

みんなにお小遣いを配りながら交代で観光に行く。

グレイエルフの案内役が付いてくれるようだ。助かるね。

まずは何と言っても世界樹を見にいく。

……やはり世界樹だった。またの名を精霊樹。精霊が宿る樹《き》なのだとか。

真下から見るとデカイ。ひたすらデカイ。魔力の鼓動が聞こえるようだ。樹に宿る生命力が凄い。

樹を見上げていると葉がヒラヒラと舞い落ちてくる。それが俺の掌《てのひら》に収まる。

「精霊樹様に気に入られましたな」

案内役のグレイエルフが笑顔でそう言う。滅多《めった》にない事だそうだ。

ありがたく頂いておく。お守りだね。

案内役のグレイエルフからグリフォンとドラゴンの話を聞かされる。ここでもグリフォンとドラゴンは活躍したようだね。

色々聞くと図書館があるとか。早速案内をしてもらう。


翌日からは図書館通い。蔵書の数が凄い。特に植物に関する事や魔法についての書物が多く、無属性魔法の重要性が記されている本もあった。さすがエルフだ。

司書に古文書か古代書が無いかと聞くと、あるにはあるがこの許可証では閲覧が出来ないと言われる。それではと案内役のグレイエルフに相談して、出来れば許可してもらえるように頼んでみる。


翌日、許可が降りた。

早速、図書館で閲覧する。特別な部屋に案内され、数冊ずつ古代書を持ってきてもらう。

紙とペンを取り出して、書き写しながら読んでいく。

今まで訪れた図書館では置き方に統一感のなかった古代書がここではちゃんと分類されているようで、隣り合った古代書は内容の近いものが多い。グレイエルフは古代文字が読めるのだろうか？

気になったので聞いてみたが読めるわけではなく、初めからこのように収められていたのだとか。

どういうことだろうか？

詳しく聞くと遺跡で発見された並びのままここに保管されているのだとか。発見された遺跡の古代書は数千冊に及ぶそうだ。発見された遺跡は図書館だったのだろうか？

この量だと滞在期間中に全て見ることは出来ないな。残念だ。

ちょくちょく来よう。

今は出来るだけ読むだけだ。

数日が過ぎて殆《ほとん》どの乗組員が観光を終える。

まだ終わっていないのは俺だけだろう。図書館にこもりっきりだったからね。

ああ、もう出発しないとね。

案内役のグレイエルフに四日後には出発すると告げると、身なりの良いグレイエルフが訪ねてきた。

「次はどこに行くんだい？」

「ええと、山脈を越えた向こう側ですかね」

「山脈の向こう側かい？」

「そうです」

「そうかそうか。では三人ほど連れていってくれないかい？」

「三人ですか？」

「そうだ」

「いいですが……どうしてですか？」

「山脈の向こう側には、遥《はる》か昔に別れた同胞がいると言われているんだ。それを確かめたくてね。それ以来、あの山脈は誰も越えたことがないんだよ。一部の同胞がドラゴン達に連れられて山脈を越えて旅立ったということしか分かっていないんだ」

「そうですか……分かりました。連れていきましょう」

それから三人のグレイエルフを紹介される。リーダーの男性エルフ、アミー。二人目は女性エルフのルー。三人目は男性エルフのウー。三人は弓を担いでいる。やはりエルフと言ったら弓だね。ちなみに身なりの良いグレイエルフはマウーさん。族長補佐なんだとか。族長は現在瞑想《めいそう》中で、あと四年は出てこないらしい。

年齢を聞くのはやめといた。

出発の日となり、飛空艇を発進させる。

三人のグレイエルフにはそれぞれ個室を用意した。食事について聞くと肉でも何でも良いそうだ。山脈に向かって飛び、高度を上げていく。

どれくらいの高さの山なのだろうか。現在の高度は九千ｍを超えている。

結構な高度だが山頂は近くに見える。

寒そうな景色だ。空気も薄いのだろう。

その山頂を越えていく。

越えた先には広大な大地が見えた。あちこちに都市が点在しているのが分かる。

麓には大きな湖と都市が見える。湖から大陸に川が流れている。

麓の都市に行ってみようか。

湖の上空へと移動して着水する。そこからは飛翔《ひしょう》機で岸まで移動。

岸に着くとそこには多数の兵士が槍《やり》を構えて包囲していた。

あれ、何か今までに出会ったエルフと違って、髪の色が赤色？

「お前達は何者だ！　そしてアレは何だ！」と体格の良い赤髪のエルフが叫ぶ。

「アレは空を飛ぶ船、飛空艇。アレで山脈を越えてきました」

「何!?　山脈を越えてきただと？」

「はい」と答えた背後から声がかかる。

「同胞よ！　古きに離れた同胞よ！　私達は会いたかった！」

そう涙を流すグレイエルフのリーダーのアミー。

「グレイエルフだと……。どうして……まぁ良い。詳しいことが聞きたい。こちらに来てもらおうか」

その赤髪のエルフを先頭にして、兵士達に囲まれながら都市内の詰所に入る。

「それで君らはどうしてこのレッドエルフの国に？」

「エルフさん達は同行者ですが、私達は観光です」

「観光？」

「はい。観光です。今回同乗しているエルフさん達も、私がエルフさんの国を訪問した事がきっかけでここまで来ています」

そこで兵士はグレイエルフ達を見る。

「グレイエルフの方達はなぜここへ？」

「ええ、古《いにしえ》より伝わる同胞に会いに来ました」

「そうですか。この件は私では手に余ります。今からここの領主を呼びます。それまで少しかかりますがお待ちください」

そう言って部屋を出ていく。

さてどうなるか。

一時間ほど待つと身なりの良い赤髪のエルフが部屋に入ってくる。

その赤髪のエルフは、こちらのグレイエルフ達を見ると目を見張り、頭を振って目の前に座る。

「私はこの山脈監視都市群の領主を務めるアレクセイです。あなた達が湖に浮かぶ船で空を飛んで山脈を越えてきた方達ですね」

「はい、そうです」

「あなた方は人族と獣人族でグレイエルフも同行していると？」

「はい」

「ふむ、人族と獣人族の方が都市に入ることは問題ありません。もちろん、入街料は払ってもらう必要があります。ですがグレイエルフを都市に入れる事は出来ません」

「なぜ？　同胞ではないか！」とアミーは言う。

「たしかに昔は元は同じ種族だったと聞いていますが、私達が山脈を越えてこちら側で暮らさなければならなかったわけをご存じないと？」

「私達には伝えられていない！」

「ではお教えしましょう。それは髪の色が違う我々を追い出したからですよ。ですのであなた方は都市に入れません。そもそもこの都市はあなた方がこちらに来ないように見張るための都市です」

「そ、そんな馬鹿な！　我々には古に分かれた同胞としか伝わっていない」

「都合の悪いことは伝えなかったのではないですか？　私らの祖先からは、かなり厳しい思いをしてドラゴンとグリフォンに導かれて山脈を越えたと聞かされています」

「たしかにドラゴンに乗って山脈を越えていったと伝えられていますが、我々が追い出したなどと」

「事実です」と厳しい目をしてアレクセイはグレイエルフ達を見つめる。

　厳しい目を向けられたアミーは言い返す。

「過去のことは私達には分かりませんが、少なくとも今貴方《あなた》達と対峙《たいじ》している私は髪の色で差別しようなどとは思いません」

「あなたの事は分かりました。しかしそういう問題ではないのですよ。これは国としての対応なのです」

アレクセイとグレイエルフの様子を見ていた俺は、思いつきだが提案をしてみることにした。

険悪な雰囲気のまま観光とか出来そうにないからね。

「では、この三人のエルフに貴国を見せ、伝えられた歴史の違いを私達が祖国のエルフ達に伝えるというのはどうですか？　もちろん、貴国の監視付きでしょうが」

「ふむ、そうですね。すぐには答えられませんが、それが良いのかもしれません。少し時間をいただきたい。人族と獣人族の方達には入国許可証を発行します。後で人数を係の者に言いつけてください。それと可能であれば山脈を越えてきたあの船についても教えていただければと思います。では私は報告をしなければならないので」

と部屋を出ていく。

「さて観光でもしようか」

その頃、トルドア王国王都の学院から魔法に関する一つの論文が発表された。

そのテーマは「属性魔法と無属性魔法の関係」。内容は、属性魔法単体ではアロー系やボール系の魔法を飛ばす事は出来ず、それを可能にしているのは無属性魔法であるといったもの。

それを裏付けるように学院の生徒の成長記録が添付されていて、内容は無属性魔法である結界を習熟した者とそうでない者を比べると恐ろしいほどの差が出たと記されている。

更に火属性魔法なら火を出して無属性魔法で意識的にアローやボールの形状に加工して飛ばすといった意識に変えると、容易にファイヤーアローやファイヤーボールが飛び、飛距離も飛躍的に伸びたと具体的な数字を添えて説明された。

魔法師ギルドで発表された当初は誰にも相手にされなかったが、しばらくするとそれを読んだ宮廷魔法師が理論的根拠があると発言し、それに伴って至る所で再度検証と実証がなされた。

そこで王都の学院では魔法教育が見直され、学院の生徒が卒業する頃には最低でも論文発表以前の中位魔法師程度にまで成長することが出来た。

そして、それを発案した者は冒険者のコウという事まで伝わっていたのだった。


俺達は入国許可証を貰《もら》い、数日間の観光を楽しんだ。

グレイエルフも監視の下でレッドエルフ達の歴史を学び、祖国に伝わる言い伝えとの違いを確認していた。

「それでは一度、あなた達のエルフの国へ戻りましょうか？」

「はい、申し訳ありませんが祖国に戻りたいと思います」

「分かりました。では戻りましょう」

俺は獣人達に指示を出してグレイエルフの国に戻る事にする。

山脈を飛び越え、グレイエルフの国にエルフ達を降ろす。

そして、俺達を追ってきた住民派の獣人達が他にもいないか気になったので、一度獣人の国の海岸沿いの集落に戻る事にした。


海に出て海岸線を飛行すると集落が見えてくる。

高度を下げて集落に近づき、結界の昇降機で降り立つと多数の獣人達が群がってきた。

どういうこと？　と聞いてみると、どうやら現在の獣人族の王族は民達に圧政を敷き、近しい者だけを重用しているそうで、嫌になってコウ達を捜しにここまで来たという事らしい。

それにまだまだ集まってくるらしく、対応に困っているのでどうにか我々を連れていってほしいと懇願された。

う〜ん、連れていくにも今の船では手狭だよね。どうしようか？　ほっとく事も出来ないしね。

そこでアイデアが浮かぶ。この先の森には人の集落はないよね。そこなら実現できそうだし、やってみようか。

俺は獣人達に少し待っていてくれと言って一人で森の中に入っていく。

「この辺でいいかな」

その場で多数の魔石を合成し、十個の巨大な結晶魔石を用意する。

そして巨大な魔力増幅炉を五十基製造。

「増幅炉の素材がなくなった。これはどこかで採取する必要があるね」

そう言いながら魔法陣を作り上げていく。

出来上がった魔法陣を設置すると巨大な結晶魔石に魔力線で繋《つな》げていく。更に巨大な魔力増幅炉にも魔力線で繋げていき完成。

「計算上ではこれで出来るはずだが、どうだろうか？」

魔法陣を起動させる。

すると魔法陣を中心にして半径二㎞、高さ百ｍのドーム状の結界に覆われる。

「さて次だ」

魔法陣を操作すると地面が浮き上がっていく。

地面から下五十ｍが円柱状に結界で覆われ、地上二十ｍの高さに浮かぶ。

「一応成功だね」

結界の外に足場となる結界を作成してその上に乗る。

「さて仕上げていこうか」

土魔法で剝《む》き出《だ》しの土の側面と底面を厚さ五ｍの石に変えていく。

そしてそれが終わると四方に四角い開口部を開ける。ここは飛空艇が発着出来るようにするためだ。まずは一箇所だけ機能するように作り、他の三箇所は必要になればという事で入り口を結界で塞ぐ。

発着場に係留ポートを設置して、そこから地上に登るための階段とその横に二十人乗りの魔導エレベーターを三基作る。

地上に行き、エレベーターと階段の上り口を作成。とりあえずは完成。

次は巨大魔力増幅炉を一基ずつ均等になるように外周に設置。それが終わると外周地上部分に高さ十m、厚さ四mの外壁を建造。

中央部分に戻り、地下二階まで作ると巨大結晶魔石と魔法陣をそこに移動させる。

中心から半径二百mを公的機関を置くための場所に設定して、その外周の飛空艇ポート側の木を切り整地していく。

整地が終わったらとりあえず三百世帯分の三階建ての集合住宅を建てていく。入れ物は土魔法でコンクリート化して完成。

下水の処理施設も設置する。水魔法と浄化魔法を魔法陣化して、最後に残ったものは火魔法で焼却するように自動化する。これらの魔力は中央にある巨大結晶魔石から魔力線により供給。

住宅内にも魔導水洗トイレや魔導システムキッチン、魔導照明を設置。もちろん、魔力供給は中央の巨大結晶魔石からだ。

ベッド、机、椅子、各種ドアなどは魔法で木を加工して製作していく。

最後に蝶番《ちょうつがい》、鍵を作って、窓にはガラスを嵌《は》め込《こ》んでドアや窓を取り付けていく。

これで一応は完成かな。

今度は集合住宅の外側の木を切り倒し、農耕ゾーンとして環境を整える。

「さて、とりあえず生活出来そうな環境は整った。みなさんを呼んでみようか」

天空の土地を上昇させていく。

地上から五百mの位置に停止させ、一度中央部分に戻って魔法陣を追加していく。

結界内の空気圧や酸素濃度、温度、湿度を調整出来るように設定。

他はみなさんが来てからで良いだろう。

さて行こうか。

俺はこの大陸に来た時の船をポートに出して乗り込み、天空の土地から集落へと降りていく。

獣人達と飛空艇乗組員に住める場所を用意したと説明し、第一陣として飛空艇に住んでいる獣人達を天空の土地へと運ぶ。

「おいおい！　何だここは！　おい！　コウ！　どういうことだ！」

ドルンが煩《うるさ》い。オルクとミスとケイ、そしてドルンの弟子の五人は口をポカーンと開けている。

煩いドルンはほっといて、集合住宅までの道を整備しながらみなさんを誘導していく。

ふふふ、住宅は気に入ってもらえるだろうか。

「おい！　コウ！　住宅まであるぞ！　何だここは！」とドルンはまだ煩い。

他の獣人達に新しい住宅の使い方を教えていき、次に来た者達にも説明してほしいとお願いする。

煩いドルン達を連れながら集落との間を何回か往復し、獣人達を連れてくる。

まだ獣人が集まるという事なので、天空の土地はこの上空に数日間留《とど》まる事にした。

ドルン達に色々と説明する。

何とか納得してもらい、獣人達に使い心地や改善点を聞いて日々改修していく。

要望を受けて単身者のための食堂を作り、奥さん達の持ち回りで料理を担当してもらう。バイキング形式にした。

次は農耕地の割り当てや農具の貸し出しなどを行い、すぐに農耕を始めてもらう。

オルク達と話し合い、行政区を中央に配して各種業務を始める。

住民登録や各種割り当て状況を記録する。行政区で働く住民も募集してオルクを責任者としつつ、ミスとケイを中心にして機能を構築していく。

ドルン達には飛空艇ポートから見て右側の周辺と奥に工房と、飛空艇の製造と修理用のドックを用意した。

飛空艇ポートの奥に、同規模の飛空艇が十機停《と》められる駐機場を整備。ここを一般ポートとした。

飛空艇から見て左側のポートとその上の地上は軍施設とした。軍の寮や施設、訓練場に工房。ポートには軍事用飛空艇を駐留させる予定だ。とりあえずファントムアーマー好きな狼《おおかみ》獣人と犬獣人はここにいる。基本、飛空艇で食堂を任されていたルーラさん親子にはここで寮の食堂を任せることにした。

行政区に倉庫を作って状態保存の棚を設置。そこに聖域で採れた塩、小麦や野菜、果物を大量に保存していく。とりあえず自給自足が出来るまではここから食料を賄う。現在は毎朝聖域に転移して補充している。

獣人達と乗っている大型の飛空艇は軍事ポートに移動。新たに十人乗りと二十人乗りの飛空艇を二機ずつ製造。軍事用のファントムアーマーを十機載せられる飛空艇も四機作った。これらは集落に集まってくる獣人達を運ぶ用と、ファントムアーマーを使って肉の調達で狩りに行く用だ。

現在、獣人は追加で五十人増えた。そこから新たに服飾関係の仕事に携わった者がいたので服を製作出来るようになった。他にも要望により雑貨屋さんを用意して日用品などの雑貨も販売。通貨単位は獣人の国と一緒にした。

このままだと一部の住人のお金が無くなってしまうので、何らかの職を割り当てられたらと思う。軍に配属されている獣人の十人は必ず住宅周辺で見回りを行い、問題や争いが起きた時に対応している。手に余る場合はオルクへ連絡して処理をする。まぁ、今のところは何も起きていないが、住人の数が増えれば問題も起こるだろう。

畜産関係で働いていた者がいたので畜産ゾーンを設定して整備。地上から豚に似たトント、鶏に似たコケッコ、牛に似たカウカを連れてきた。カウカは食肉用と搾乳用に分けた。時間が経《た》てば食肉もなんとかなるだろう。

気まぐれで川も流してみた。係留ポートの反対側から流れ、中央を過ぎたところで軍事施設方面へと流し、そこから浄化施設を通って元に戻るようにした。行政区を囲うように水路も設置し、行政区へは四方の橋から渡れるようにした。もちろん、川には地上の川から魚を獲《と》ってきて入れてみている。住み着くと良いな。

果樹園ゾーンも整備。これは結界で区切って温度と湿度を管理する。まぁ、果物が採れるようになるまでには数年かかるだろう。植樹したのはリンゴ、みかん、バナナ、梨、桃、パイナップルなどだ。

雨なども水魔法で再現可能なので、住人から果樹園の管理人を数人選んで任せている。農耕ゾーンからも雨の要望を聞き、定期的に水魔法で降らせている。ドーム状の結界で覆っているため、自然に降る雨の量も調整可能だ。

心配していた魔力もかなりの余裕があるから安心だ。

あとは防衛のために防御結界を二重に設定してある。ポートの部分だけは任意に開け閉めが出来る仕様だ。通常は光を透過しない結界を張っている。

地下に魔法陣や結晶魔石がある行政区中央の地上には、六階建ての鉄筋コンクリートの行政管理ビルを建てた。

一階は各種受付。二〜四階は各種行政別の事務エリア。五〜六階は天空の土地制御ルームとなっている。特に最上階である六階には窓がなく、周囲百五十㎞を表示して監視が出来る魔導立体ホログラムと魔導モニターがある。ここには選ばれた者しか入る事が出来ず、現在は三十人が許可されており、常に三人で交代して管理している。

五階には制御用の各種魔法陣が描かれており、ここに多重演算魔法陣と魔石による記憶用媒体も設置。この演算処理機能と記憶媒体によって制御している。

俺の住んでいる場所は係留ポートとは反対側にあり、三階建ての建物でリンドルンガのような家の構造になっている。

オルクとミス、ケイが住む行政職員寮もその隣に建てられている。

軍事部門から要望のあった、防衛用の飛翔魔導機を製造中だ。

結界浮遊能力を補助にして何らかの推力により翼の揚力で飛ぶものだ。

結界浮遊能力は離着陸時と緊急時に使い、その他の時は魔導ジェットか魔導モーター、魔導エンジンによるプロペラの推力によって飛ぶようにする。

推進方法は色々悩んで魔導モーターにした。これはメンテナンスが簡単な事とそれなりに大型化すればトルクの回転数も問題ないだろうという事で決定。

形は戦闘機の震電のように後ろにプロペラをつけてみようと思い、二重反転プロペラで可変ピッチとした。

デルタ翼の両翼中間に垂直尾翼が上下に突き出るように配置。

下垂直翼端には小型のタイヤをつける。

キャノピーはスライム材を強化したもので作った。

大型魔導モーターと制御魔法陣に交換出来る中型魔石を組み込む。

機体制御は小型の演算魔法陣で操縦を補助。フライバイワイヤのように機体を制御する。

アビオニクス類も魔法陣で再現。魔導レーダーも完備し、レーダーの探知範囲は八十㎞とした。

武装は二十㎜ストーンバレットバルカン。主武装は各翼下に二基ずつの合計四基の誘導式ファイヤーアローを装備。これは術式変換によりアイス、ウィンドに変更可能。

そして、飛翔魔導機の複座型を四機。単座を二十機製造した。

一応シミュレーターも作成して訓練も可能とした。

新たに軍事部門に加入した猫、豹《ひょう》、虎の獣人が訓練をしている。

狼獣人と犬獣人はファントムアーマーが良いらしい。


二ヶ月が経ち、住民も更に二百人が追加されたところで、グレイエルフの国へと移動をすることとなった。

係留ポートを正面にして結界浮遊能力の速度で移動。

時速は最大で三十㎞。まぁ、急いでないから良いだろう。

緊急時には魔法陣による大型魔法陣魔導ジェットで移動出来る。これは時速五百㎞出せるが、魔力消費が激しいために二十分程度しか持続出来ない。一応、小型の魔法陣魔導ジェットでは時速百㎞であれば魔力を気にせずに使用することも可能だが、途中で色々と試験する予定なので、ゆっくりと向かう。

飛翔魔導機のシミュレーターを終えた者から、軍事ポートで離着艦の訓練をしている。

魔導ビーコンの調整をしながらの訓練だが、今のところは問題ない。

念のため薄く柔らかい結界の幕を幾重にも展開して着艦を補助しているので、速度を出し過ぎた場合の事故を防いでいる。

ドルン率いるドワーフ達はその数を三十人にまで増やしていた。

殆どは工房ゾーンにいるが、一部は軍事施設に交代で常駐している。

ドルンは現在、住民が使うファントムワゴンを製造している。特に農業用のファントムワゴンは優先して作っている。

係留ポートの上の外壁上に展望エリアを設置して下界を覗《のぞ》けるようにした。強化された透明のスライム材で囲われた大きな展望ルームがあるだけなので、今後は売店とか望遠鏡とかを設置するのも良いかもしれない。まぁ、憩いの場だね。

川の途中に池も作り、その周りに公園も作った。

自転車も数十台をシェア出来るように設置。これも喜ばれた。

基本的には職に就いている者には給金払い、定期的な休みも設定した。

大型の浴場も設置。やはり密閉された空間なので衛生環境には注意したい。


そんなこんなをしているうちに、グレイエルフの国上空へと到達。

今回はオルクと護衛の獣人達を四人連れ、十人乗りの飛空艇で降りた。

「お待ちしておりました」

グレイエルフの族長と面会する。

「それで、どうなりました？」

「それなのですが、初めは定期的に交流出来ないか提案してみるつもりです」

「そうですか」

「はい、それで出来ればなのですが……、空を飛ぶ乗り物をお借り出来ないかと」

「う～ん、この十人乗りで良ければお貸しします」

「そうですか！　助かります！」と満面の笑み。

「ただし、分解などはしないでください」

「はい、もちろんです」と真剣な顔になる。

「それでは操縦方法をお教えしますから、人員を派遣してください」

「はい、直ちに」

族長は後ろに控えているグレイエルフに声を掛け、またこちらに向く。

「あともう一つお願いがあるのですが、エルフ達がどうしてもコウさん達について行きたいと申しまして、どうにかならないでしょうか？」

「何人くらいですか？」

「三十人ほどです」

「分かりました」

「だ、大丈夫なんですか？　たしか既に百人は船に乗っていると聞きましたが」

「ええ、船というか違う物を用意しまして、現在は数百人が暮らしていますよ」

「数百人ですか？」

「はい、なのでまだまだ大丈夫です」

「そ、そうですか。ではよろしくお願いします」

グレイエルフの族長は頭を下げる。


それから数日で操縦を覚えさせると、移住希望のグレイエルフ達三十二人が乗り込んできた。

「空に土地が浮いている？」

「えっ？　何ですかあれは？」

グレイエルフ達は驚いている。なんとか鎮めて住宅まで案内し、これからのことを決めていく。

殆どのグレイエルフが文官だったらしく、行政勤務となった。そのうちの三人は魔導具製作に興味があるという事でドルン達と合流した。

そして、次の目的地はリンドルンガとした。

この天空の土地の次の目標は世界地図を作成すること。俺がスタートした地域に一度戻り、天空の土地から多重演算魔法陣と魔石による記憶用媒体でスキャンをし、地上の地形を記憶させていくことにした。

第四章　懐かしのリンドルンガ

海上に出て島々を眼下にリンドルンガへと向かう。

この時も地上と海上のスキャンは行いつつ地図にしていく。それが制御室の中央にある立体の魔導立体ホログラムで表示されていく。

訓練場に行くとファントムアーマー同士で模擬戦が行われている。一対一だ。

凄《すご》い動きだ。アクロバットに空中機動している。

あれはどうやっているの？　完全に空中を蹴っている。

ああ、結界かぁ。納得だ。

凄い応用力だな。うわぁ～蹴りが当たる寸前にピンポイントで結界を張って、勢いが削《そ》がれたところで返しに空中を蹴って踵《かかと》落とし。これも斜めに結界を張って勢いを逸《そ》らせて反撃に転じている。

凄い。ああ、終わりか。引き分けみたい。

ハッチが開くと笑顔な狼《おおかみ》と犬がいるよ。楽しそうだな。

数人の模擬戦を見た。みんなレベルが高いね。驚くよ。まだ数ヶ月しか使ってないのにね。

う～ん、もう少し大型化して六～八ｍくらい？　で、短い時間だけど飛行出来るようにしたら面白いかな？　どうだろう。考えよう。あとで意見を聞いてみるのも良いか。

それとも単純に飛行用背面ユニットでも良いかな？　手に持つ魔導機銃なんかも良いか。色々と妄想が膨らむね。ロマンだよ、ロマン。

機銃は作ろう。決定だ。光魔法でビームを再現？　単純に土魔法でバレット系か？　排莢《はいきょう》のシステムも再現か？　ブローバック？　ふふふ、楽しみだ。


現在は雲の上を飛行中。順調に飛行している。

ファントムアーマーの機銃は三十㎜のストーンバレットにした。何か反動が良いらしい。一応、散弾にも切り替えられる。これは対一般兵士用かな。簡単な範囲攻撃だ。魔石マガジンの交換で連続で撃つ事が可能。一つのマガジンで五十発。マガジンは標準で五つ装備。自動で簡単に背面パックに脱着出来る。

腰部には剣。左手にはバッククラーを装備。これらを一応標準装備とした。場合により剣の代わりにハンマーや両刃の斧《おの》、大型の盾なども使用可能だ。

他にも魔導通信装置を装備。これは出力の関係から半径五㎞になる。飛空艇や天空からの受信は五十㎞先まで届く。これで集団行動もしやすくなるかな。

他にも色々とアイデアはあるが追いついていない。都市関係もあちこちに手を出しているからね。

ドルン達《たち》は飛翔《ひしょう》魔導機を二機積める飛空偵察艦を建造している。これは天空の土地周囲を索敵する目的で作っている。他にもファントムアーマーを十機積める飛空艇を一機とファントムアーマーを十二機積める飛空艇も建造している。長期飛行は考えておらず、艦内の居住空間は最低限しかない。これを三艦作り、ローテーションで索敵させる予定だ。これにより軍事ポートも奥に十隻係留出来るように改造された。

オルクからの提案により外部からの訪問者用に宿泊施設を三つ用意した。一般ポート上に一つ、住宅街に一つ、ＶＩＰ用として行政区に一つ用意。

一般ポートと住宅街の物は一般客用で、ＶＩＰはもちろんＶＩＰ用だ。基本は二人部屋と四人部屋が中心だ。

大型搬入エレベーターも各ポートに設置。一般ポートには二基用意。将来の貿易のためだ。

こちらの特産は何だろうか？　魔導具とか？　飛空艇？　ファントムアーマー？

まぁ、色々とあるな。魔導エンジン車とかも良いかな。それだと魔導モーターの方が簡単かな？

あとは友好的な都市や国が出来れば良いな。

そうだ、ライシィも収穫出来るようにしないとな。そう考えると天空の土地が半径二㎞では狭かったかな？　もう一つ土地を浮かべてひょうたん型にくっつけるのも良いか？

考えよう。ひょっこりひょう◯ん天空島。語呂が悪いね。

おっ、大陸が見えてきたと連絡がある。何だか懐かしいね。一年経《た》ってないのにね。

まずはリンドルンガを目指す。

聖域周辺は危険が多いので行かないかも。属性龍《りゅう》に囲まれるとか嫌だしね。

一応、天空の土地の周りに光学迷彩を展開して地上からは見えないようにした。不特定多数に見られるとめんどくさいからね。

魔獣だとワイバーンとかもウザいし。う〜ん、でもアイツらは魔力を感知出来るのか。まぁ、結界があるから大丈夫だとは思うけどね。

天空の土地からの攻撃方法も考えようかな。単純に魔法陣を展開して各種魔法攻撃で良いね。それなら簡単に出来るし。やってしまおう。

はい、完成。制御室のお陰で任意の場所から最大で二十箇所に魔法攻撃が出来る。魔法の属性は火、風、氷の三属性。魔法の形状はボール、アロー、ジャベリンと三種。形状により飛距離と連射速度が異なり、ボール系は近距離の速射、アロー系は中距離のやや速射、ジャベリン系は超火力のため長距離で三十秒に一発。誘導距離はボール系が五㎞。アロー系が三十五㎞。ジャベリン系が八十㎞になる。

まぁ、こんなもんで良いだろう。

でも、使わないと思うけどね。

それとお守りとしてメテオも付けちゃった。へへへ、一発しか撃てないけどね。

これでギリギリ小規模のメテオが撃てるよ。都市を一つくらいなら消し飛ばせるね。へへへ。

誰にも教えてないけどね。お守りったらお守りだよ。本当だよ。ロマンだね。

オルクからの進言により輸送用の飛空艇を製造する。四十t規模の物を五機と十t規模の物を二機。これは地上との物資のやりとりをする際に使う。

そうだよね、必要だよね。オルクは優秀。いつも収納を使っているから忘れるよね。反省。

と言っているそばからポートから倉庫に運ぶファントムトレーラーを四台用意した。

専用のコンテナも準備し、フォークリフトのようなファントムリフトも作る。

これで大丈夫だろうか？

抜けはないかな？

大丈夫だね。

大陸上空を順調に飛行している。

予定どおりなら、あと五日でリンドルンガに到着する。ふふふ、楽しみだね。

みんなは元気だろうか？

マリオさんは王都だからいないだろうね。銀狼《ぎんろう》の咆哮《ほうこう》達もいないか。

ああ、着いたらウッドランド伯爵にも挨拶が必要だね。

この天空の土地はどうしようか？　報告は必要かな？

まぁ、着いたら考えようか。逃避だね。先送り。

ミリーさんにも挨拶しようか。

久しぶりの我が家はどうだろうか？　楽しみだね。

数日が経ち、水田も完成した。念願の稲作だ。

それではみなさんよろしくお願いします。えっ？　家畜のエサではないよ。本当に。

今度食べてもらおうか。美味《おい》しいよ。

最近は醤油《しょうゆ》や味噌《みそ》も流行《はや》っているし大丈夫。焼き鳥のタレとか美味しいよね。俺もそう思う。

照り焼き？　もちろん好きだよ。ふふふ。

そう、甜菜《てんさい》も植えてもらった。これで家畜の餌と砂糖は大丈夫だね。

うん？　野菜や穀物が育つのが早い？　う～ん、魔力が濃いせいだろうか？　多分そうだね。魔法的には何もしてないよ。

野菜はもう収穫？　良かった、これで少しは自給率が上がったね。ちょっと安心した。

あと一ヶ月もすれば小麦も収穫出来ると……、何だか凄いね。

まぁ、深くは考えないようにしようか。

そうだ。スライムは養殖しよう。必要な素材だからね。それに何でも食べるからゴミ処理にはうってつけなんだよね。

おお、リンドルンガが見えてきた。

懐かしのリンドルンガ。戻ってきたと感じられる第二の故郷のようで、楽しみだ。

とりあえず、天空の土地はオルクに任せて一人でリンドルンガへと結界で降りる。

そして、南の城門からギルドカードで入る。

ああ、久しぶりのリンドルンガな気がするね。色々とあったからね。

まずは我が家へと向かう。

歩いていると顔見知りに声を掛けられる。帰ってきたという感じがする。

今日は我が家で休んで明日から動き出そうか。

我が家のガレージに入るとがらんとしている。

魔導ライトをつける。ちゃんと機能はしているね。

そういえば家具類は全て収納の中だった。椅子とテーブルを出す。

ソファーも出すか。三階の部屋のベッドはそのままだったね。

ラガービールを出して飲む。美味《うま》い。

お風呂に入ろうか。そうしよう。

ふふふ、サッパリしたね。お風呂上がりに冷えたビールをゴクゴク飲む。

「プハァ〜、美味い！」

収納から唐揚げと白菜の浅漬けを出す。

唐揚げを一口。うん、美味い。

そしてビール。美味い。

浅漬けも一口。うん間違いないね。

ああ、やっぱり一人が良いね。楽だわ。今は解放感があるよ。

俺としては美味いものを食べて飲み、たまに好きなものを作って遊ぶのが良いね。

なんでこうなったのだろうか？

天空の土地はオルク達に任せても良いような気がしてきたよ。ハァ〜そうもいかないよね。

何だかしんどい。

次はウィスキーをロックでいただこう。

グラスを出して氷を入れてウィスキーを注ぐ。この琥《こ》珀《はく》色《いろ》がたまらないね。

一口。

ああ、美味いね。美味い。

おつまみはナッツ系を取り出す。チーズも良いね。

グラスの中で氷が溶けてカランッと音がする。至福の時間だ。

ああ、そういえばピアノを鳴らそうか。

しっとり系の曲を選択して始動させる。

うん、音色が染み渡るね。この静かな夜にしっとりとしたピアノの旋律が流れて心が休まる。

ナッツを齧《かじ》り、チーズをつまむ。

このゆったりとした時間が癒やされるね。

明日はどうしようか？　伯爵の所へ行こうか。仕方がないね。

あと一杯飲んだら寝ようか。


翌朝、コーヒーを飲んでいると呼び鈴が鳴る。

うん？　誰だろうか？

扉を開けると二人の男がいる。見知らぬ顔だ。

えっ？　領主様と冒険者ギルド？

はい、領主様と冒険者ギルドのギルマスがお呼びと。

どうして帰ってきているのが分かったのだろうか？　まぁ、良いけどね。

まずは領主様の所へ行って次にギルドへ行くと伝える。

扉を閉めると溜《た》め息《いき》をひとつする。

ゆったりとした時間は終わりのようだ。


領主様の屋敷に着くとすぐに中へと通される。

はい、お久しぶりですね。執事の方もお元気そうで。はい、付いていきます。

ここで待つようにと言われ応接室に入る。

ソファーに座るとメイドがお茶を淹《い》れてくれる。ありがとうございます。

しばらくするとウッドランド伯爵が応接室へと入ってきた。何かにこやかだね。

「コウさん、久しぶりですね。他の大陸はどうなりました？」

「ええ、一応島国と他の大陸には行ってきました」

「そうですか！　それにしても帰ってくるのが早かったですね」

「色々と事情が出来まして、一度帰ってきました」

「ん？　事情とは？」

「ええと、人が増えまして……現在待機してもらっています」

「どこにですか？」

上を指さすと伯爵はつられて天井を見るが、すぐにこちらに視線を戻す。

「ええと上空にいます」

「上空？」

「はい、上空です」

「…………まぁコウさんですからね。どういう事でしょうか？」

「上空に土地を浮かべました」

「……上空に土地を浮かべた？」

「はい……」

「本当に上空に？」

「はい、上空に」と上を指さす。

「確認出来ますか？」

「出来ます。明日でよろしいですか？」

「いいです、いいですよ。何人まで大丈夫ですか？」

「十人程度なら」

「分かりました。場所はどこがいいですか？」

「では北門をすぐ出た所でお願いします」


次は冒険者ギルドへと向かう。

ギルドに入ると一瞬静かになる。なんだ？　みんなこちらを見ている。どうしたんだろうか？

おっ、ミリーさんだ。受付へと行くと、ミリーさんは以前と変わらずにこやかだ。

「お久しぶりです。コウさん」

「お久しぶりです。えっと、ギルマスに呼ばれまして」

そう言うと、二階に案内されギルマスの部屋に入る。

「おう、コウ久しぶりだな」

ギルマスがソファーに座りながら待っていた。

「では」とミリーさんは部屋を出ていく。

「何用でしょうか」

「まぁ座れ」と言われたので俺もソファーに座る。

「それでなコウ、お前他の大陸へ行っていたんだって？」

「そうです」

「ふむ、ではお前はどうやってここに帰ってきた？」

「え～と空を飛んで」と言うとギルマスは頭を抱える。

「それはどんな物でだ？」

「あ～、まずは船で他の大陸を目指していたのですが嵐に遭いまして、船を空に飛ばしました」

「あ？」

「それで一緒に生活する人数が増えたので大型の空飛ぶ船を造り、それでも人数が増えて足りなくなったので土地を浮かべました」

「ああ？」

「それでそのままここまで飛んできました」

「ハァ～？　それでその土地は今どこにあるんだ？」

「この上空です」と上を指さす。

「!?　この上空にあるのか？」

「そうです、そうです」

「それは確認出来るか？」

「う～ん、明日には伯爵一行も案内するので、一緒でよければ」

「分かった。何時頃だ？」

「明日の朝に北門前です」

「こちらの案内は何人まで可能だ？」

少し考えてから答える。

「う～ん、二人までですね」

「分かった。明日の案内は頼んだぞ」とギルマスは笑顔でワクワクしている感じだ。


翌朝、北門へ行くと既に領主様御一行十名とギルマスとなぜかミリーさんがいた。まぁ良い。

収納から船を取り出して空中に浮かべ、結界で全員を船へと乗せていく。

少し狭いがすぐ着くので我慢してもらう。

全員が乗ったところで上昇していく。

すると雲を抜けたところで魔導偵察艦が光学迷彩を解いて横に並ぶ。

『コウさん、お帰りなさい』と魔導偵察艦から魔導通信が入る。

「もう完成していたんですね」

『ハイ、試験飛行をしていました』

「そうですか」

『それではポートまでエスコートします』

通信が切れると魔導偵察艦が前に出る。

ふと後ろの一行を見ると、ポカンと口を開けて魔導偵察艦を見ている。

「コウさん、あれは？」

伯爵が聞いてくる。それは驚くか。

「あれはですね。最近作っていた、天空の土地を守るために作った魔導偵察艦です。どうやら完成して試験飛行していたそうで、たまたま出会ったようです」

「はぁ、何だか凄いですね」

伯爵は溜め息をつく。

しばらくすると目の前に巨大な空に浮かぶ土地が見えてきて、魔導偵察艦が離れていく。

あちらは軍事用のポートへと行くのだろう。

後ろの御一行は唖然《あぜん》としている。まぁそうなるか。

魔導ビーコンを捉えて通常ポートへと滑り込む。ふむ、大丈夫だったね。安心した。

船から降りると御一行様は周りをキョロキョロと見ている。構わずに進み、魔導エレベーター前まで着くと御一行様をエレベーターに乗せる。何とか全員乗ってもらいパネル操作をして地上を目指す。

ハイ、到着。

エレベーターを降りて建物の外に出ると、既に二十人乗りのファントムワゴンが待っていた。魔導偵察艦が連絡していたのだろう。

ファントムワゴンにはすぐ乗らず、外壁に接続しているエレベーターまで案内して御一行を乗せ、エレベーターで外壁上にある展望台へと案内する。

「本当に土地が浮いているのですね」

眼下に雲がある景色を眺めていたミリーさんが呟《つぶや》く。

「凄いですね。これだけの広さの土地が浮いているなんて……」

そして振り返って土地側を見たミリーさんは、そう言って絶句している。

「本当に凄い。農業も行っているようだし森や川まである。凄いとしか言いようがないね」

伯爵も続けて驚いているようだ。

景色を堪能してもらった後で下に降りると、そこにはオルクさんが来ていた。

お互いに挨拶を済ませ、視察はオルクさんに任せる。この土地に一番詳しいのはオルクさんだからね。見せてはいけない場所も分かっている。

俺は完成した魔導偵察艦でも見に行こうか。楽しみだ。

午後三時頃には御一行と合流する。魔導偵察艦は期待どおりだった。試験飛行で見つかった修正箇所も軽微だったので二番艦の製造に取り掛かるそうだ。ドワーフ達は嬉《うれ》しそうに作業をしていた。

御一行が待機している応接室に行くと、伯爵とギルマスがソファーに座っていた。他の方達は別室らしい。護衛とかいいの？

「コウさん、凄いですよ！」

興奮している伯爵。うん、気持ちは分かる。もう俺でも分からないところがあるからね。

「おい、コウよ。お前、こんな物を作りおって」

ギルマスは何だか頭を抱えている。

伯爵が姿勢を正してこちらを向く。何だろう？

「コウさん、よろしければなのですが、リンドルンガと交易をしませんか？　強制はしません」

真剣な眼差《まなざ》しでそう言ってくる。

う〜ん、特に問題ないし、伯爵に丸投げ出来るならそれでも良いかもね。

「はい、良いですよ」

そういうことになり、リンドルンガに飛空艇ポートを整備することとなった。もちろん、誰でも天空の土地に来られるわけではなく、リンドルンガで了承を得た者だけが来ることが出来る。

それに天空の土地の者達も、申請すればリンドルンガへ行くことが出来るようになった。

そして伯爵から秘密だよと教えてもらったのは帝国のファントムアーマーだが、あれは帝国の海岸に座礁した魔導国という他大陸の技術から伝えられた物らしい。船の修理のための材料提供の交換として受け取った技術だとか。ふむふむ、それは魔導国へ行ってみたいね。帝国の海岸から推察すれば、大体の大陸の位置も分かりそうだね。色々落ち着いたら行ってみようか。楽しみだ。

そんなこんなで数ヶ月過ぎた頃に、なぜか俺は男爵になった。

え？　なんで？

と思っていたらオルクと伯爵が話し合い、天空の土地は俺の正式な男爵領の領地として認定されたのだ。

そして伯爵が寄親となり、天空の土地を守ってくれる。

オルクも士爵分となり正式に天空の土地の代官となった。全権代官様、よろしくお願いします。

伯爵から依頼されていた十人とファントムワゴン一台が載せられる飛空艇を作り、引き渡したら早速伯爵はトルドア王国の王都へと見せびらかしに行った。

そしてまずは王家から二機の依頼と、王都騎士団からは五十人乗りの飛空艇四機の依頼があり、製造して納品する。

他領からの注文は王家の了承がないと作らない事とした。


一方、王都王弟公爵邸にて。

「公爵閣下！　このままではどうしようもありません！　ご決断を！」

「そうです！　このままでは我々の利益がなくなります！」

「どうか公爵閣下！　ご決断を！」

「うむ、だがそう上手《うま》くいくものか？」とガルガンシア王弟は腕を組み、目を瞑《つぶ》って漏らす。

「それは大丈夫です。間違いなく蜂起する者達が出ます。特に商人達は協力するでしょう」

「一部の騎士団からも蜂起すると言質《げんち》を取っています」

「そうです。すぐにご決断をいただければ直ちに領兵を移動させましょう。ご決断を！」

その声を聞いた王弟は目を開けた。

「うむ、みなの者の気持ちは分かった。ワシも決断しよう」

「それでは！」

「うむ、やろう」

王弟がそう言ったところで部屋の外が慌ただしくなってくる。

「お待ちください」と使用人であろう声の後にバンッと部屋の扉が両開きに開かれる。

「叔父上！」と青年と騎士が数十名入ってくる。

「フィリップか。何用だ」と王弟が答える。

「国家反逆罪でここにいる者達全員を捕らえます」

「フィリップ王太子様！　なぜ！」

「なぜだと？　分からんのか？」と王太子は睨《にら》む。

「我々は国の在り方を正そうと……」

「何を言っているのだ？　其《そ》の方《ほう》らの罪状は既に摑《つか》んでいるぞ。この痴《し》れ者《もの》が！」

「それはただ単に我々の権利を行使しただけで……」

「ふん、民を虐げて自分達だけ甘い汁を吸うのが権利の行使か？」

王太子がそう言うと、ミルガノ伯爵が笑った。

「民なぞ草のようなもの。いくらでも生えてきましょうぞ」

「ミルガノか。お前は何も分かっていないぞ。貴様の領民であっても王国民だ、その意味が分かるか？」

「王国民であっても民草は民草でありましょう」

ふんぞり返ったミルガノ伯爵はそう言う。

「もちろん、王国民は民だ。王国のな。それは王の民だ。お主が勝手をして良い民ではない。それが分かっているのか？　ただ単に貴様に預けているに過ぎぬ。適正に管理出来なければ貴様から取り上げるのは当たり前であろう！」

「な、何を」とミルガノ伯爵は言うが、

「貴様らは単純に民から搾取する。学ばせもせずにな、それはどうしてだ？」

「そんなの決まっています。民が知恵をつければ……」

「だからそれが考え違いだと言うのだ！　そんなことでは国の発展などない。すぐに行き詰まり国が停滞する。それがなぜ分からんのだ」

「ですが民に知恵など……」

「貴様らは知恵のついた民を御せないからであろう？　それはな、自らが切磋琢磨《せっさたくま》し民に負けぬように、導けるように鍛錬、修練、勉学する事が嫌なのだ！　王を含めた者はな、常に知識を蓄えて自らを律して成長しようとなされているのだ。貴様らは堕落して贅沢《ぜいたく》をしたいだけの無能だ！」

「で、ですが」

「もういい！　この者達を引っ立てよ」と王太子は冷たく言い放つ。

ああ、ウッドランド伯爵達が羨ましいよと王太子が言い、頭を振って溜め息をつく。

これで少しはこの国が良くなってくれれば良いのだが。

第五章　魔導国エリオリアン

あれから数ヶ月が経《た》った。だいぶ周りも落ちついてきたし、もう旅に出ても良いだろう。

伯爵やオルクにも既に伝えているし、今日のために一人用の快適な飛空艇を製作してもらった。

まぁ一人用といっても最大八人は暮らせるほどの機能はあるから、問題ないだろう。

飛空艇に乗って上昇していく。

ある程度の高度になったら魔導国があると思われる大陸の方向へと機首を固定して進む。

時速は百kmくらいに設定。まったりと進む。

海の上に出た。絶景だね。気分が良い。

二日間飛行し、途中で雲の上に上がって嵐を回避しながら進む。

一日八時間の飛行で千六百km進んだが、まだ大陸は見えてこない。

もう少し先だろうか？　それとも方角が違う？

まぁ、急いでいないし、あと一日はこの方角へ進んでみよう。

一日かけて進むと薄《うっす》らとだが大陸らしき海岸線が見えてくる。

うん、間違いない。大陸だ。

今日はここまでにしようか。大陸への上陸は明日にする。


翌朝になり大陸へと飛行する。もうすぐだ。

大陸の上空に到着したが辺り一面森だ。

魔導国と言われるような文明が進んだ国があるようには思えないね。

この大陸は広そうだし、もしかしたら違う場所かもしれない。

しばらく海岸線に沿って飛行しようか。

一時間ほど飛行したところで漁村が見えてきた。しかも内陸部に向かって道が続いている。

一度、漁村へ行ってみようか？　そうしよう。

光学迷彩を掛けながら、漁村から続く道へと飛空艇を降ろす。

降りて飛空艇を収納にしまい、旅人らしい服装と装備をして漁村へと向かう。

さて、どんな人達《たち》が暮らしているのだろうか？

漁村の入り口には見張りなどはいない。

治安が良いのだろうか？　それとも、それほど僻地《へきち》なのだろうか？

漁村へと入る。ふふ、第一村人発見。お爺《じい》さんだね。声を掛ける。

「あのう、すみません。少しよろしいですか？」

そう声を掛けるとお爺さんは少し狼狽《うろた》えたが、答えてくれた。

「何か用かのう」

「はい、旅人なのですが森で迷いまして、どうしてかここに辿《たど》り着《つ》きました。ここがどこか教えてもらえませんか？」

　ちょっと言い訳には苦しいが、聞いてみた。

「ふむ、それは難儀だったのう。ここは一応は魔導国となっておるが誰もこんよ。未開の森の奥地の漁村だからなぁ」

「では、この道を行けば魔導国の街へと向かえるのですか？」

「そうだのう。四つばかし村を抜ければ一番大きい辺境の街に着けるかのう」

「ありがとうございます。ではそちらに向かってみます」

　漁村を後にして道を歩く。

　さて、何となくだがまずは目的地への道が分かった。では行こう。

　魚村が見えなくなったところで魔導オフロードバイクを収納から取り出して乗る。

　一応はゴーグルだけして走り出す。時速は三十㎞。

　道の状態が悪く、あまりスピードは出せない。

　六時間走って次の村に辿り着く。もちろん、この村には用が無いのでスルー。

　通り過ぎて三十分ほど走った場所で不可視の結界を張り、今日は野営をする。

　翌朝も魔導バイクで走り続け、三時間後には次の村に到達。もちろんこの村もスルー。

　その次の村は四時間後に辿り着き、村を過ぎて三十分の場所で昨日と同じように野営をする。

翌朝も魔導バイクで走り、四時間後には最後の村に到達するが、スルーをしてさらに進む。

三時間が経った頃、高さ四ｍはある壁が見えてきた。

う〜ん、何か違和感があるね。どうして村々には壁がないのだろうか？

ここまで魔獣にも会っていないし、不思議だ。

魔導バイクを収納にしまい、歩きで向かう。

壁の門まで来ると兵士が立っていた。兵士の前まで行くと声を掛けられる。

「止まれ、どこから来た」

「漁村からです」

「では身分を証明するものは無いな。この先に探索者協会がある。そこで登録して身分証明書を作れ。特に金は掛からんからな」

「ありがとうございます」

頭を下げて教えられた探索者協会の建物へと向かう。


結構立派な建物だ。

中に入ると冒険者ギルドとは違って前世の役所のような感じだ。とりあえず受付に向かう。

「あのう、すみません。探索者登録をしたいのですが」と受付のお兄さんに声を掛ける。

「はい、登録ですね。ではこの紙に必要事項をお書きください」

そう言われて紙を見るとやはり字が読める。まぁ、言葉が通じる時点で変わらないとは思っていたが不思議だ。

適当に書いて渡すと探索者のタグが貰《もら》えた。色々と書かれている。名前とか魔法が使えて属性は何かとかね。出身地は空欄にしたから表示されていない。でも字が細かい。

チェーンも貰い首に掛ける。これで俺も今日から探索者だ。とは思うが何をするのだろうか？

説明を聞くとこの辺では採取の仕事しか無いようで、魔獣の討伐などは無いようだ。

不思議だね。

資料はあるかと聞くと、無料で資料室が開放されていると言うので行ってみる。

色々と調べよう。

資料室で調べて色々と分かった。

まずこの国の名前は、魔導国エリオリアン。首都エリオンを中心にして魔導技術が発達しているという。その中にはもちろんファントムアーマーもある。他にも色々とあるようだ。

これらの技術は、主に首都近辺に多くある遺跡から発掘された魔導具や魔法陣の解析することで得られたものだ。

そして滅びた文明。なぜ滅びたのか。

これはその当時の他の大陸からの攻撃が理由だった。その方法は魔獣を引き寄せる魔導具により低位から高位まで様々な魔獣が森から誘導されて、街々を襲い壊滅したとある。

そのために森には魔獣が少なく、逆に首都近辺の遺跡周囲に魔獣が存在している。

多分だが、グリフォン達が言っていた魔導具で魔獣を誘引して滅びた文明とはこの事だったのだろう。

あとは隣の街ライノまでは徒歩で二日の距離。その次の街オルガリまではライノから徒歩で三日で、オルガリを過ぎた辺りから魔獣が増えるとある。

オルガリから二つ街を越えた先に首都エリオンがある。首都エリオンは魔導技術の中心であり、探索者達にとっても討伐依頼が多く、稼げる場所となっている。

さて色々と分かったので、この街を出ようか。入ってきた門とは逆側の門を出ると、そこには広大な農地が広がっていた。

「これは凄《すご》い」

あちらこちらで畑を手入れしている人達を見かける。

たしか隣街のライノも農業が盛んだと書いてあったね。

農地を徒歩で抜けると収納から魔導バイクを出して乗り、隣街を目指す。

良い陽気だね。心地よい。

絶好のツーリング日和だ。道の状態も良いね。

数時間で隣街のライノに到着。ここには商業ギルドがあるそうだ。

探索者のタグを見せて街に入る。

なかなかの街だね。人も多い。

うん？　あれは……ああ、ファントムアーマーの技術で作られたと思われる馬だ。それが荷馬車を引いている。

面白い。ワクワクするね。

途中の商店で色々と聞くと、あの馬もどきはファントムホースと言うのだそうだ。この国で商人になる者は初めに荷馬車とともに買うのだとか。

隣街から一度この街の倉庫に穀物類が運ばれ、ここから他の街へと運ばれていくのだとか。なので多くの商人が買い付けに来ている。

それでファントムホースに引かれた荷馬車が多いんだね。納得。

商業ギルドの場所も聞いて向かう。

おお、結構大きな建物だ。

中に入るとたくさんの受付がある。そこの一つのブースへと向かい、声を掛ける。

「あの、お伺いしたいのですがよろしいでしょうか？」

「はい、どのような事でしょうか」

「はい、このギルドカードはここで使えますか？」

商業ギルドのカードを渡す。

すると何も疑問に思った様子もない受付の青年は何かの魔導具にカードを翳《かざ》す。何かが表示されて青年が少し目を見開くが、すぐに姿勢を正す。

「はい、使えます。コウ・アリモットゥ様ですね」

「はい、では少しお金を下ろしたいのですが」

無事に金貨五十枚と銀貨三十枚を手に入れると、ギルドでオススメされた宿に向かう。

相変わらず商業ギルドのカードは謎だ。

取った宿は中の上といった小綺麗《こぎれい》な建物で、部屋も清潔で過度な装飾も無く落ち着いて泊まれる部屋だった。

お金の目処《めど》も立ったし、街でも散策でもしようか。

街を見て回ると穀物の値段が安い。パン屋さんなどもあり豊富な種類のパンを置いていた。

おお、ファントムホースを置いている店がある。

ふむふむ、中型のファントムホースは金貨三十枚。買いだね。荷馬車はどこかで作ろうか。

早速買って店主から使い方を習う。言葉で操作するようで、初めに俺の声を登録すると動かせるのだとか。

面白い。早く分解してみたいね。楽しみだ。

この中型のファントムホースで二ｔまでの荷馬車が引けるのだとか。

小型で一ｔ、大型で四ｔらしい。

ファントムホースを収納に入れて宿に戻る。

部屋に入るとベッドなどの家具を収納にしまい、ファントムホースを出す。

そして早速、ファントムホースを調べる。

ほう、手に入れたファントムアーマーの魔法陣よりも洗練されているね。これは俺の作った魔法陣には劣るがだいぶ魔力効率が良い。

付属の魔力供給用の魔石からすると七時間は連続稼動が出来そうだね。

声の登録や操作をする魔法陣も面白い。なるほどなぁ。これは思い付かなかった。

たしか帝国にファントムアーマーの技術が渡ったのが七年前だと聞いている。それからかなり進歩しているね。

大体の事は分かった。魔法陣を弄《いじ》って改造しよう。


ファントムホースの改造が終わった。

改造したのは魔石の追加と魔法陣の効率化。それに少し機能を追加した。

これにより稼動時間は十八時間で、止まっている間は空気中から魔力を補充。大体、空の状態から八時間で満タンになる。まぁ、昼間に十時間ほど稼動して翌朝には完全に満タンになるね。

牽引力《けんいんりょく》もアップした。引ける荷馬車の重量は二ｔから倍の四ｔに、最大速度も二ｔの荷馬車を引いて時速三十〜五十㎞になった。満足。

これでこの大陸でも違和感なく移動出来るね。

ああ、そうだそうだ。新たに付け足した機能は魔導通信を応用したもので、操作水晶から遠隔でファントムホースを操作出来るようにした。これでイメージするだけで操作出来る。

さてさて、どこで荷馬車を作ろうか。

一度街を出て人の居ない所まで行こうか。まぁ、明日だ。


翌朝、宿を後にして徒歩で来た時とは逆側の門を出る。

ライノに入る前にも農地が広がっていたが、こちら側の農地の方が広いね。広大だ。

農地を徒歩で抜けて街道の脇の森に入る。

少し歩くと開けた場所に着いた。ここで荷馬車を作ろう。

まずはステンレスでパイプを作り、四角い骨組みが完成する。

次に足回り。独立懸架で四輪製作。車輪用のゴムはこの大陸の技術に合わせて使わないことにした。車輪も四角いステンレスパイプを使用。車軸は鉄で。

全てのステンレス部分を強化した木材で覆い、スライム材で皮膜する。

骨組みに足回りを取り付けたら荷馬車の上部分を作る。

前部は箱型。ハニカム構造のアルミ板材を木で挟んだ物を壁にする。

窓は右側に大きく作り、左側の前方には出入り口。出入り口の横には小さな窓も作った。

荷台の後ろ部分は幌《ほろ》にして、ダミーで荷を置けるようにする。鉄でパイプを作り、骨組みを製作してスライム材を塗布した幌を被《かぶ》せればとりあえずの完成。

後は細かい部分。御者台に操作水晶を取り付けて座席下に魔法陣を組み込む。

念のため荷馬車にはブレーキも取り付けて操作水晶で操作出来るようにする。

ファントムホースと荷馬車を繋《つな》げる馬具も作った。

次は内装だ。照明の魔導具を天井に取り付けて壁にスイッチを設置。

窓にはカーテンを付けて、大きな窓側にベッドを置く。

扉側の窓の下に折り畳み式の机を配置。

ベッドを椅子代わりにして机を使えるようにする。

床はフローリングで壁と天井は白く塗装する。

外側の塗装は黒で、幌は緑。

完成だ。

少し長いが許容の範囲だろう。

一度、収納に入れて街道に戻る。

街道の前後を確認して馬車とファントムホースを収納から出して繋ぐ。

御者台に座り、操作水晶で操作してファントムホースを走らせてみる。

おお、振動もあまりない。ちゃんとサスペンションが機能しているようだ。時速を三十㎞まで上げても問題なかった。

ああ、でも御者台にはクッションを付けよう。

一度止まってクッションを製作し、取り付ける。

うん、これで快適になった。

時速を四十㎞にまで上げて、次の街まで向うことにする。

しばらく走ると近くで魔獣の気配がした。

でも変だね。この辺にはまだ魔獣は出ないはずだが。

うん？　人が襲われている。

既に男性の方は亡くなっているようだ。

女性の方は何かを守るように被《かぶ》さっている。

魔獣は狼《おおかみ》だ。五匹いるね。

すぐに結界で女性を覆う。

風魔法で三匹を切り刻んだが、残りの二匹が逃げ出した。絶対に逃がさないよ。新たな結界で二匹を囲い、結界の中に風魔法を発動して切り刻む。

討伐は完了したが、女性は大丈夫だろうか。

すぐに結界を解いて女性に近づいたが、もう手遅れだった。けれど息があるだけでも奇跡。とりあえず回復魔法で傷口を塞いでみるものの、これでは生命の実でも助からない。

仰向《あおむ》けにしようとすると、その下から三歳くらいの男の子が出てきた。この子には傷一つない。

子供は目を開けると、すぐに横たわった母親と思われる女性に駆け寄る。

すると女性が目を薄く開け、何か伝えたいように口を開けたので、口元まで耳を近づける。

「お、おねが……いで……す。この子……を第二の……街エリ……オラにいる……兄の……キルカンのもとまで……連れ……てい……って……もらえ……ない……でしょう……か。どうか……どう……か……おね……が……いしま……す」

「……分かった。この子を送ろう」

「あり……が……とう……ござい……ます」

そう言うと、子供に目を向けて微笑《ほほえ》みながら最後の力を振り絞る。

「レオン……生き……るの……です……よ」

子供はコクンと頷《うなず》く。それを見た女性は安心したのか、力が抜けてそのまま息を引き取った。

レオンと呼ばれた子供は歯を食いしばり、小さな拳を力いっぱい握って涙を堪《こら》えている。

「レオン君と言ったか？　辛いだろうが、お父さんとお母さんを弔ってあげよう」

レオンはコクンと頷く。

俺は土魔法で穴を掘り、二人の遺体を埋めてその上に一つの石を置いた。

夫婦の物と思われる荷物を収納して、レオンを箱馬車のベッドに寝かせる。

「疲れただろう。今は休みなさい」

そう言うとレオンは頷き、電池が切れたように眠る。

俺はそっと毛布を掛けると、馬車を次の街オルガリまで走らせる。

オルガリに着き、宿を探す。

適当に良さそうな宿を見つけて宿の前に馬車を停《と》める。

箱馬車の中に入るとレオンは起きていた。宿に着いたと説明して宿に入り、二人部屋を取る。

う～ん、何か受付の女性の対応が悪い。この宿を選んだのは失敗だったか？　まぁ、一泊しかしないから我慢しよう。

部屋に入り、レオンには魔獣の件を探索者協会に知らせてくるから部屋で待っていてくれと頼むと、頷いて了承をした。

だがレオンは寂しそうな表情をする。

「なぁレオン君。何か起きたら私を大きな声で呼びなさい。必ず助けに行くからな。ああ、そうでしたね、私の名前はコウです」

そう言ってレオンの頭をわしゃわしゃと撫《な》でる。

するとレオンも少し安心した顔をして頷く。


宿を出て探索者協会へと向かい、魔獣の死体を受付に見せて説明する。

緊急案件として何人かの探索者を哨戒《しょうかい》に向かわせる事が決定した。


報告も終わって宿の部屋に戻ると、レオンが居ない。どういう事だ？

受付に行って子供が来なかったかと聞くと、受付の女性が態度を変えた。

「あんたが出ていった後、すぐに外へ行ったよ」

三歳くらいの子供が一人で出ていくのに、この女性は何とも思わないのか？

これは何かありそうだね。

体の表面に纏《まと》っている結界を緩め、魔力を放出する。

「ヒィっ」

女性はそう言って後ずさる。

「お前。嘘《うそ》をついていたら殺す」と威圧を込めると、女性は尻餅をついて後ずさる。

すると受付の奥から男性が出てくる。

「何事だ！」と言うが、こちらに気がつくと顔色が真っ青になる。

「お前は？」

「こ、この宿の主人だ」

「おい、この宿は三歳の子供が一人で出ていこうとしても止めないのか？」

「わ、私は関係無い。全部この女のせいだ」と女性を見る。

「何を言っているのアンタ！　同罪じゃない！」と女性は叫ぶ。

女性に近づき、額を摑《つか》んで闇魔法で記憶を探る。

「ちょっ、やめてってば」

暴れようとするが結界で拘束。主人も結界で拘束する。

分かったよ。こいつらはクズだ。

何人もの子供を誘拐して奴隷商に売っている。違法行為だ。

場所も分かった。

すぐには殺さないが許すつもりもない。このまま結界で拘束しておく。

レオン。待っていてくれ。すぐに助けに行く。


「商会長、今回も上手《うま》くいきましたね」

「ああ、子供は高値で売れるからな。特にお貴族様にはね」と商会長と呼ばれた男が笑う。

「小僧！　大人しくこの檻《おり》に入っていろ」と男は檻にレオンを投げ入れる。

「おい！　大切な商品なんだぞ！　大切に扱え！」

「へい、商会長」と男は頭を下げる。

レオンは檻の中で膝を抱えてうずくまる。すると思い出す。

《何か起きたら私を大きな声で呼びなさい》

「……こぅ」

小さくそう呟《つぶや》くと顔を上げ、檻の中で震えながら立ち上がる。

「コゥ……た……ちゅけ……て」

レオンは小さな拳を握りしめて涙を堪える。そしてもう一度、

「コゥ！　たちゅけて！」

大きな声でレオンはコウを呼ぶ！

「うるせえぞ、ガキ！」

男は檻を蹴るが、レオンは勇気を振り絞り大きな声で叫ぶ！

「コウ！　たちゅけて！」

「煩《うるさ》いぞ！」

男がもう一度檻を蹴ろうとした時、部屋のドアが弾《はじ》け飛《と》ぶ。

そこには魔力を撒《ま》き散《ち》らしたコウが立っていた。

「誰だテメェ！」と男が言うが、すぐに結界で覆われて動けなくなる。

そこに騒ぎを聞きつけた男達《たち》が入ってくるが、全員拘束。更に部屋を出て全ての部屋を調べて残りの全員を拘束していく。

拘束し終わると俺はレオンが入れられている檻を破壊してレオンを救出。

俺はしゃがんでレオンの目線に合わせ、頭を撫でながら、

「よく頑張りましたね」と言う。

しかし、レオンは俯《うつむ》いたままだ。

「ごめんなしゃい」

「レオンは悪くありませんよ」と俺は言うが、レオンは横に首を振る。

「では言い方を変えましょうか。ごめんなさいではなく『ありがとう』と言ってください」

そう言うと、レオンは顔を上げて頷き、「コゥ、ありがちょ」と小さな声で言う。

「はい、よく出来ましたね、レオン」

俺は笑顔でレオンの頭を再び撫でる。

その後は街の衛兵を呼んで事情を説明した。

衛兵からは、最近子供の誘拐が多発していて調査中だったと聞かされ、感謝された。

もちろん、宿は衛兵からおすすめを聞いて変えた。

衛兵からは捜査の関係上、少しの間オルガリに滞在してくれと言われて了承する。

一週間滞在することになった。

その後、衛兵から聞いた話では、奴隷商から芋蔓式《いもづるしき》に組織を捕らえ、客であった貴族まで捕まったそうだ。ここで俺達はお役御免となり、レオンの母親の兄キルカンがいる街エリオラを目指し、オルガリの街を後にする。

オルガリを出発した俺達は順調に進む。

たしかにオルガリを過ぎると魔獣との遭遇頻度が多くなってきた。

オルガリでは首都方面の街へ向かう際には、護衛として探索者を雇うそうだ。

しかし、俺達は馬車の周囲に結界を張り、魔獣を見つけると結界で囲んで水で溺れさせ、死体はアポートで引き寄せて収納していくので護衛は不要だ。

次の街ロンドに到着した。

この街は第二の街エリオラへと向かう中継地となる。

ここでは二泊する予定だ。門の衛兵におすすめの宿を聞き、宿を取る。

当たりの宿だった。値段の割に綺麗《きれい》でトイレも各部屋にあり、食事も朝夕ついていて、それもなかなか美味《おい》しかった。


翌日は街を観光。レオンと一緒に散策する。

お昼は屋台で色々と買って食べることにした。

この辺だと魔獣の肉が安く、手頃な値段で串焼きが売られていたので、レオンの分と一緒に色んな種類の肉串を購入した。

レオンも口の周りをタレでべっとりと汚しながらモグモグと食べる。気に入ったようだね。

お腹《なか》も満たされ、商店を見て周る。

探索者も多く歩いている。武器を持った探索者が珍しいのか、レオンはキラキラとした目でそちらを見ている。やはり男の子だね。

宿に戻り、夕食を終えたら明日に備えて寝る。明日の夕方前には第二の都市エリオラに到着予定だ。ちょっと寂しい気もするがレオンともお別れだ。まぁ、レオンにとっては近親者と一緒にいるのが良いもんね。俺は結局のところ他人だから……。ああ、情が移ってしまったね。

翌朝、朝食後にエリオラへと出発する。

魔獣の強さも今までより強く数も多いが、問題無く夕方前にはエリオラへ到着した。

やはり衛兵におすすめの宿を聞いて泊まることにする。

さあ、明日はレオンの伯父であるキルカンさんを捜す。すぐに見つかれば良いのだが。まずは商業ギルド辺りで聞いてみよう。

夕食の後はレオンとゆっくりする。

レオンがコックリコックリと船を漕《こ》ぎ出《だ》したので寝る。おやすみなさい。

翌朝、朝食を終えて、宿で聞いた商業ギルドへレオンと一緒に散策しながらゆっくりと向かう。

朝から人が多く、店も大半は開いている。

たしかエリオラは副首都だったはず。何らかの事が首都エリオンで起きた場合にはここが首都機能を持つそうだ。

なるほど、街は賑《にぎ》わっている。何か興味深い店もある。探索者用のファントムアーマーとかね。後で寄ってみようか。楽しみだ。

商業ギルドに到着した。ギルドカードを見せてキルカンという人物を知らないかと聞く。すると受付のオネェさんがエリオラに居る商人リストを見ながら捜してくれるが、数があまりにも多く見つからない。

　そこにオネェさんから事情を聞いた青年がやって来た。何か心当たりがあるらしくお姉さんと代わって応対してくれる。どうやらオラル商店という所に勤めている人物がそうではないかと教えてもらった。場所も丁寧に地図を書いてもらい、そこへ向かう。

　レオンは緊張をしているようだ。これでお別れかと思うと何だか寂しいね……。

　大通りに出て進むとオラル商店という看板が見えた。かなり大きな商店だ。他の店舗と比べると三倍は規模が大きい。

　中に入ると、老年な方に声を掛けられる。

「いらっしゃい」

「あのう」

「何でございましょうか」と丁寧に返される。

「こちらにキルカンさんという方はいらっしゃいますか？」

「キルカンですか？　私どもの店にキルカンはいますが、どのような事で？」

「はい、この子はキルカンさんの妹さんの子供なのですが、その妹さんが亡くなる時にこの子をキルカンさんのところまで連れていってほしいと頼まれまして」

　そう言うと、レオンはギュッと俺のズボンを掴む。

「そうなのですね……。では彼を呼んでまいりましょう」

　老年の方はレオンを笑顔で見ると、店の奥へと歩いていった。

　数分待つと、老年の方が青年を伴って店の奥から出てくる。

「この子が……」

青年はレオンを見る。レオンも警戒しながら青年を見上げる。

「……ええ。確かな事は言えませんが、亡くなった妹さん夫婦の遺品があります。ご確認願えますか？」

「……はい。ここでは何ですから……奥までどうぞ」

青年がそう言うと老年の方も頷く。老年の方は女性に声を掛けて店を任せると、一緒に応接室と思われる部屋へと入る。

ソファーに座る。俺とレオンが並んで座り、対面にはキルカンさんと思われる青年と老年の方が並んで座っている。

「では自己紹介からしましょうか、私はこの商店の商会長を務めるオラルと申します」と老年の方が挨拶する。この人がこの店の主人のオラルさんか。

「私がキルカンです」と青年が挨拶する。

「私は探索者で商人でもあるコウと申します。横に座るのがレオンです」

そう言うとレオンはしっかりとお辞儀する。よく出来ました。

「……辛《つら》いでしょうが、まずはこの遺品を確認してみてください」

収納から夫婦の遺品を取り出してテーブルの上に置く。キルカンさんが中身を一つ一つ確認していくと、調べていた鞄《かばん》から細工が施された櫛《くし》を取り出して見つめている。心なしか手が震えているようだ。

「……間違いありません。これは妹のものです。この櫛は妹が成人する時に私が親代わりに贈ったものです」と顔を伏せて肩を震わせる。

「ではレオンはキルカンさんの甥《おい》ということで、間違いありませんね」

「はい、間違いありません。たしかに妹から結婚して子供が生まれたと聞いていました。今度連れて見せに行くと……」

目に涙を溜《た》めながらキルカンさんは顔を上げてレオンを見る。

「多分ですが、妹さんはライノにお住まいだったのでしょうか？」

「そうです。ライノで結婚し、夫婦揃《そろ》って宿で働いていると言っていました」

「そうですか。恐らく家族でこちらに向かっていた途中だったのではないかと思います。ライノとオルガリとの間の街道で魔獣に襲われていました。ライノとオルガリの間は魔獣が出ないと言われていましたから、護衛がいなかったのかと思います」

「そうですか……」とキルカンさんは肩を落とす。

「……レオンはどうしますか？」

「どうしますかとは？」

「お引き取りなさいますか？　難しい事情があるのでしたら私が引き続き面倒をみますが……」

「いえ、私が引き取って育てます。たった一人の妹の忘れ形見ですから……」とレオンを見る。

「うむ、私も協力しようではないか」と商会長のオラルさんも言ってくれる。

「では、レオンの事をよろしくお願いします」と俺は頭を下げる。

それからしばらく話をして、今日からレオンは引き取られることとなった。

レオンは寂しそうに俯いている。

店を出る。レオンとキルカンさんにオラルさんも見送ってくれる。

最後にレオンに目線を合わせるようにしゃがむ。

「レオン、これで最後ではないよ。また会いに来ますからね。良いですか？」

レオンはコクンと頷く。

「そうか、元気でね」

レオンの頭をわしゃわしゃと撫でる。

立ち上がり、また頭を下げる。

「では私は行きます。レオンの事をよろしくお願いします」

「もちろんです」とキルカンさんが答える。

レオンに背を向けて歩く。ああ、寂しいね。

レオンは歯を食いしばり泣くのを我慢しているようだ。

もう店に戻ろうとキルカンさんがレオンに声を掛けるが、レオンは動かない。

レオンは何かを決意したのか、一歩前に出ると、「コウ！」と大きな声で俺を呼ぶ。

俺が振り返ると、「コウ！　ありがちょう！」と大きな声で叫ぶ。

そして大粒の涙を流して手を振る。

俺は手を振り返し、また歩き出す。

また今度、必ず来ますからね。レオン。

澄み渡った青空を見上げるが、そこには霞《かす》んだ空があるだけだった。

第七章　魔導国首都エリオン

首都エリオンに到着した。

他の街の壁も高くて大きいと思ったが、ここはそれにも増して高く大きい。その高さは二十ｍを超え、厚みも七ｍと厚い。

二重になった門を抜けるとそこは広場になっており、荷馬車が何台も並んでいる。その全てに物資が載っていて、次々に広場から続く道へあちらこちらに散っていく。

一つ一つの道幅も広く、軽く荷馬車三台が並んで走れる道幅がある。

左右を見ると外壁に沿って貼り付くように建物が並び、建物の前には道がある。

道は全て魔法で作られたであろう継ぎ目の無い石で出来ている。表面もツルツルではなく若干ザラザラとした物だ。

道の反対側にも建物が並んでいる。

そして門の正面にも道があり、それが真《ま》っ直《す》ぐ延びていて他の道同様に左右にはびっしりと建物が並んでいる。

衛兵におすすめの宿を聞くついでに、この街について少し教えてもらった。

外壁は直径六㎞の円状で内側の直径三㎞にも円状に壁があり、そこから内側は主に魔導具や鍛冶の工房や錬金術などを開発する研究施設が多くあるそうだ。

第二の門から二㎞先にも壁があり、そこは貴族や豪商の屋敷、貴族相手の高級商店があり、中心には堀に囲まれた城がある。

そして、一番外側のこのゾーンには一般市民の住宅や探索者向けの商店、飲食店、各種工房があり、この門から右周りに道を行くと軍の演習場や施設がある。

左周りに道を行くと門と大きな広場があり、各種商店や工房などが並ぶ。定期的に市が開かれるらしく、掘り出し物も多くてたまに遺跡から発掘された物が並ぶ場合もあるのだとか。

屋台や飲食店も多く、探索者向けの宿も多いことからかなり賑《にぎ》わっているらしい。

他にも商業ギルドや探索者協会もその広場に面してあるとか。

面白そうだね。

そして教えてもらった宿はその広場近くにあった。

これは楽しみだ。

広場を目指して左の道を歩く。

何かに気が付いた。ああ、これはもしや街灯ではないのだろうか？

左右に一定間隔で直径二十㎝のポールが立っていて、その先には傘が付いている。中にはボール状の物がある。

流石《さすが》、魔導国というところだろうか。夜が楽しみだ。

それと定期的に二人組の衛兵とすれ違う。これは治安も良さそうだね。

あちこち目移りしながら来たので時間がかかったが、広場に到着した。

たしか門の正面の道を少し進んだ所にある宿で、名前は「小鳥の安らぎ亭」と言うらしい。

あったあった。ふむ、なかなか綺麗《きれい》な宿で四階建てだ。

中に入ると広いロビーがあり、喫茶エリアでは商人らしい人が何人もお茶を楽しんでいた。

受付に行き、部屋を取る。三階の一人部屋だ。各部屋に魔導具のシャワーとトイレが付いている。

内装もシンプルで清潔感があり、少し高めなビジネスホテルな感じだろうか。良いね。

レストランは一階と四階にあり、四階のレストランはバーも併設されてるとか。楽しみだ。

ふふふ、衛兵さんには感謝だね。当たりだ。延泊決定だね。

今日はもう遅い時間だし、少し休んだら四階のレストランで食事をした後にバーで一杯だね。

ああ、レストランは美味《おい》しかったし値段も手頃だった。バーもカウンターで飲んだが雰囲気が良く、ハープのような楽器で演奏された曲がしっとりと流れていた。

飲んだのはまずはエール。驚いたのがよく冷えたエールだったこと。美味しかった。

次に飲んだのはワイン。これも美味しかった。ツマミにはチーズを頼んで食べたがワインによく合って美味しかった。

首都エリオンは大きくて広いので、一週間や二週間では回り切れないね。

どこか住宅でも借りられないだろうか。

明日は商業ギルドに行って聞いてみるか。


翌朝、宿で商業ギルドの場所を聞くとかなり近くだった。宿を出て行ってみる。

なかなかに立派な建物だ。中に入るとたくさんの商人がいた。

空いている受付で、賃貸か購入できる建物は無いかを聞く。

商業ギルドのカードを確認してもらうとランクも所持金額も問題ないということで、どんな物件が良いか詰めていく。

う～ん、借りる場合の期間は最短でも二ヶ月で、天井の高い工房があり、住居には風呂場が欲しい。場所は出来ればこの広場近辺と言ってみたら、賃貸ではなく販売のみであるという。

その建物は元々ファントムアーマーの小規模な整備やカスタム工房だったらしく、持ち主が高齢のためにエリオラにいる息子さんの所に引っ越したのだとか。

金額は金貨五百枚。かなり格安だという。その分、築年数が経《た》っているという事だ。

まぁ、買ってしまえば改築も改装も自由だしな。転移用魔石も置ける。

良いかもしれない。今の商業ギルドの残高なら屁《へ》でもないな。

まずは見て良かったら決めよう。

という事で内見したら問題なかった。一階は工房で天井も高く、ファントムアーマーを固定するラックや天井にはクレーンが付いていて便利そうだ。

水回りも下水道がしっかりしていて各種魔導具もそのまま付属している。風呂はなく魔導シャワーのみだが、この辺は改造すれば良いだろう。

面積も申し分ない。たしかに建物自体は老朽化しているが補強すれば問題ないだろう。

場所も良いしね。広場まで徒歩三分といった場所だ。

ギルド職員にどこまで手を入れて良いかを聞くと、完全に建て直さなければ自由に出来るとの事。

ヨシ、決めた。買います。

という事でこの後ギルドで手続きと支払いをして、物件を手に入れた。

今日は同じ宿に泊まり、明日から改装を始めようか。

楽しみだ。

翌朝、やって来ました首都エリオンに於《お》ける拠点だ。ふふふ、楽しみだね。

鍵を開けて中に入る。やはりもう自分の物だと思うと違うね。

照明の魔導具を点《つ》けて中に入る。一階はそれほど弄《いじ》る場所は少ないので、とりあえず自分のソーサリーアーマーを収納から出してラックに置く。

良いね。

水が出る場所もトイレもある。工房の中間左側の壁沿いに螺旋《らせん》階段がある。そして奥まで行くと入り口と同じような大きな扉と左側に人用のドアがあり、開けてみるとどうやら荷馬車を置くスペースのようだ。しかも裏通りが見える。こちらは荷馬車が二台ほど通れる道幅だ。こちらには街灯は無いようだね。

一応、荷馬車を収納から出して置いておく。

ファントムホースは工房内のこちらの扉近くに置こうか。

次は二階。螺旋階段を上るとそこはリビングダイニング。対面キッチンも見えるね。

う〜ん、あまり触るところはないね。各種魔導具は揃《そろ》っているし、トイレは水洗トイレだし。

寝室は四つある。主寝室と他に三つ。

多分、弟子か来客用の部屋とかだったのだろう。シャワー近くの部屋を一つ潰してお風呂にする。

三時間ほどで完成した。なかなか良い出来だ。このくらいだろうか。

あとは外壁を少し綺麗にしようか。それは明日だね。

翌日は朝から外壁を弄っている。レンガタイル風だ。なかなかシックだね。半日で完成したよ。

午後は街を散策しようか。探索者用のファントムアーマーも気になるし。

一度、広場に出て屋台で適当なものを買って食べる。うん、美味しい。香辛料がほどよく利いている。

ファントムアーマーの工房の場所を聞きながら、工房が纏《まと》まっている場所へとのんびり歩いていく。

ほうほう、この辺が工房がある場所だね。たしかに小規模な工房から大規模な工房まで色々とあるね。

どうやら素体となるファントムアーマーは一緒のようだ。俺も一機欲しいね。どうすれば良いのだろうか？　商業ギルドで聞いてみようかね。

とりあえずこの地区の端までは歩いてみる。大体この辺で終わりかなという所で、怒鳴り声とともに探索者と思われる人が工房から転がり出てきた。

どういう状況なのだろうか？

「また来やがったら、ただじゃおかねぇぞ！」と厳《いか》ついドワーフが続けて出てきた。

探索者は転がるように立ち去っていく。

「お前はなんだ」とドワーフに睨《にら》まれる。

「たまたま此処《ここ》に居ただけですが、せっかくなので工房を見せてもらっても良いですか？」と言うと、少しの間ドワーフはこちらを値踏みするように見ていたが、溜《た》め息を一つついて工房へと入れてくれる。

「で、何が希望だ？」とぶっきらぼうなドワーフさん。

「出来れば素体となるファントムアーマーが見たいのと、可能ならば素体が欲しいですね」

「うん？　お前が弄るのか？」

「はい、研究のために欲しいという理由もありますが」

「それは良いのだが、お前が今まで弄ったファントムアーマーは何か見れるか？」

「ええ、新しく工房というか住居を買ったのでそちらに置いてあります」

「そうだな……よし、素体は余っている一機を売ってやる。すぐに渡せるぞ。それでどうだ？」

「良いです。お願いします」

「では善は急げだ。今から届けるぞ」

「はい。金額は？」

「金貨七十枚、仕入れ値だ」

「え？　それでは利益が出ないのでは？」

「良いんだ。お前に興味が湧いた」

ドワーフはニカッと笑う。支払いを済ませ、拠点の前まで荷馬車で移動する。

「ここはドクレンの奴《やつ》の工房じゃねえか。そうか」

「前の持ち主の知り合いでしたか」

「ああ、もう年老いてしまったが腕はたしかだった」

ドワーフは何かを懐かしむように遠くを見つめる。

拠点の大きな扉を開けるとドワーフは裏手から工房内へと荷馬車を入れる。あとはクレーンで降ろして終了だ。荷馬車を外に停《と》めるとドワーフは中へと入ってくる。

「あれか？」

「ええ、そうです」

ドワーフはソーサリーアーマーへと目を向け、近づいて興味深そうに見ている。

「こいつはスゲェな。外装は高位の魔獣の皮を使っているから旧式でも現在の物より強力だな。あれは高位の魔獣の皮が手に入らない代わりだからな。こちらの方が上だ。ふむふむ、こりゃあファントムアーマーではないな。おい！　こいつは何だ？」

「ええ、ファントムアーマーではないですよ。参考にはしましたが違うものです」

ふふふ、と言ってメンテナンスハッチを開け、内部構造を見せる。

「こりゃぁ、スゲェ。中身は空ではないのか。そうか、根本的に動かし方が違うのか」

ドワーフは食い入るように構造を確かめる。

「はい、そうです。ファントムアーマーも良いのですが、私はこの方が好きなもので。たしかにメンテナンスの手間はファントムアーマーより掛かりますが弄るのは楽しいですよ」と笑う。

「お前も物好きだな。悪かねぇ」とドワーフも笑う。

「そういえば名乗っていませんでした。私はコウです」

「おお、そうだったな。俺は見たとおりのドワーフでドラガンと言う」

手を出してくるので握手する。

楽しくなりそうだね。

その日の夜はドラガンと飲みながらファントムアーマーや色々な事について話をした。

とても有意義な夜だった。

以後、ドラガンとは偶《たま》に飲み、情報交換をする仲にまでなった。


今日は朝から素体となるファントムアーマーを分解して分析する。

どこが違っているのだろうか？

ドラガンの話では、この素体が使えるようになったのは五年前から。それまでは魔獣の皮を装甲で挟んだものが使われてきたが、値段が高く高ランクの探索者しか手に入れる事が出来なかったと聞いている。だから、魔獣の皮を使わない技術が施されたファントムアーマーの素体が軍から提供されることとなった。これは探索者に魔獣対策の戦力として活躍してもらえるようにと国が考えて提供したようだ。

殆《ほとん》どの遺跡は発掘済みだが、まだ手付かずの領域が存在しているために探索者に魔獣の討伐をさせたいのだそうだ。

俺の住んでいる大陸で見た魔法陣と比べても、かなり洗練されて効率化されている。これにより稼動時間も延びているようだ。

更に装甲部分には魔獣の皮が使われておらず、数種類の魔法陣で防御力を上げている。

物理耐性魔法陣、魔法耐性魔法陣、硬化魔法陣の三つ。この三つの魔法陣が各装甲に刻まれており、機能している。どれほどの効果があるかは分からないが、普通に使われている事からある程度の効果はあるのだろう。

内蔵している燃料魔石も大きい。これは錬金術で合成されたものだ。やはりかなり魔導国は進んでいる。

魔石への魔力補充は探索者ギルドやファントムホースの物であれば商業ギルドで行えて、かなり安価だとか。素晴らしいね。

中には専属の魔法師もいるらしいが、それは一部だとか。

素体ファントムアーマーからの新しい技術、主に魔法陣をソーサリーアーマーへとフィードバック。物理耐性魔法陣、魔法耐性魔法陣、硬化魔法陣を刻む。

多分だが軍のファントムアーマーも魔獣の皮と魔法陣の両方を使っていると思われる。

どこかのタイミングで探索者として遺跡に行ってみるのも良いかもしれない。というか絶対に行く。遺跡とかロマンだ。

う〜ん、ただもう少し情報が欲しいね。

図書館にでも行ってみようか。場所は商業ギルドで聞いてみよう。

商業ギルドで図書館の場所を聞いて早速向かう。

数日かけて図書館で調べたが、それほどの情報はなかった。何か良い方法でもあればと思い、ドラガンに聞いたところ、第二層の城壁内の工房兼研究所に知り合いがいると言うので、紹介してもらう事となった。

数日が経った頃に連絡があり、第二層の壁を越える許可証が送られてきた。来る際にはソーサリーアーマーを持ってきてくれとの事だった。

一度、連絡を入れてから日程を確定させ、行く事となった。

荷馬車にソーサリーアーマーを乗せて第二層の門へと行く。

到着して許可証を見せると、あっさりと通る事が出来た。

あとは案内書のとおりに道を進み、工房兼研究所を目指す。

この第二層は大きな建物が多い。ある大きな建物の前の広い敷地にはファントムアーマーの素体がずらりと並んでいる。ここは最終組み立て工場かな？　興味は尽きない。

見る物全てが新鮮だ。

工房兼研究所の前に着いた。ここも大きな建物と広い敷地がある。

入り口の警備の方に案内書を見せると中に通された。

指定の場所で待っていると白衣を着た男が歩いてくる。何か目の下に隈《くま》がある。

「あなたがドラガンの？」

「はい、コウです」

「ふむ」とこちらの荷馬車を見るとソーサリーアーマーへと近づいていく。一とおり見たところで、

「ここでは何だから、あちらから回って工房搬入口まで移動してくれ」と言って建物の中へと入っていく。

搬入口に近づくと先ほどの男が搬入口を開けて待っていた。少し息を切らしているようだ。肩で息をしている。

工房へと荷馬車を入れてソーサリーアーマーを降ろし、荷馬車を外に出すと男が近寄ってきた。

「私はこの研究施設で主任研究員として働いているロランだ」

「私は探索者で商人のコウです」

「これはファントムアーマーではないんだな」

「はい、死霊魔術で動いているわけではありません」と言うとロランは目を見開く。

「死霊魔術だと!?　どこで」

「え〜と魔法陣を読めますから」

「まさか古代魔法陣を読み取れるのか？」

「ええ、全てではないですが読めます」

「そんなことが有り得るのか……」

「かなりの数の古代書を読みまして、そこから読み解いた物です」

「うん？　この国では古代書は国で厳重に保管している。見られるはずはないのだが……」

「ええ、私はこの大陸の人間ではありませんよ」

「という事は他の大陸から」

「そうです」

「だがファントムアーマーのことも詳しいと聞く。難破した魔導船が他の大陸で修理した際にファントムアーマーの技術を伝えたという話を聞いたことがあるが、まさか……」

「はい、その大陸から来ました」

「なるほどな、ではこれはファントムアーマーを参考にして作られたという事か」

「はい、ですが中身はファントムアーマーとは別物です」

メンテナンスハッチを開けて内部構造を見せる。

「これは」とロランが目を剝《む》く。

「そうか、これは死霊魔術を介さずに他の動力で動いているのか。よく出来ている。そうするとかなりメンテナンスが要るな」

「はい、構造が複雑なのでそうなりますね。ただそれが楽しくて」

「ははは、それは分かるな。ファントムアーマーは空洞だからな。そうか、こういう方法でも作れるのだな。たしか……遺跡の中から発掘された物の中にそれらしい物があったな。あったあった。ふむ、構造の解明は出来ていないがこれが近いと思う」

ロランが資料を見せてくれる。これは魔導蒸気機関だ。

「これは魔導蒸気機関ですね」

「分かるのか！」

「はい、私の持っている古代書に載っていました」

「それでこれはどういう物なのだ」

そこから蒸気機関について説明をし、納得してもらった。

「そうか。そんなことが出来るのだな。どうかその技術を教えてもらえないか？　動力として魅力的だ。多分だが生産に関わる動力として使えるのではないかと思っている。もちろん、報酬は出そう」

「そうですか。では軍で使っているファントムアーマーとかを見せていただくことは可能でしょうか？」

「うむ、それぐらいなら大丈夫だ。ここにも試験用として何機かあるからな。他にも報酬を考えよう」と楽しそうにロランは笑う。

「魔導蒸気機関を作る材料は用意出来ますか？」

「何が必要だ？」

「鋼材とそうですね、他の素材はありますし鋼材だけ揃えていただければすぐにでも作れますよ」

「うん？　さすがに施設は必要だろう？」

「いいえ、魔法で作れますので」

「？　魔法で？？」

「たとえばですが」

収納から鉄を取り出して変形させていく。するとすぐに一本の剣となる。

「錬金術か！　だがこれほどの錬金術は見たことない。凄《すご》いな」

「とりあえず試作品は私が作ります。図面は残しますので後々はこちらで作れるようにしてください」

「分かった。では明日にでも用意出来るがどうする？」

「はい、明日で構いません」

「分かった。また明日、そうだな朝早いうちが良いだろう。来れるか？」

「はい、大丈夫です」

「では明日な」

ロランは急いで部屋を出ていく。俺はその行動力に圧倒されながらも荷馬車にソーサリーアーマーを載せて研究室を出た。

翌朝、搬入口に行くとロランが既に待っていた。

「おはようございます。ロランさん」

「ああ、おはよう。待っていたぞ」とソワソワしている。研究室に入って素材を確認する。

「では作りましょうか」

次々に鋼材を変形させて部品を作っていく。

ロランに説明しながら製作したため時間が掛かったが、それでも三時間で完成した。

完成した魔導蒸気機関を机に固定、燃料となる魔石を取り付ける。

準備完了だ。

魔法陣を起動させると魔石から魔力が流れ、小さなタンクには水が補充されていく。水が規定量に達すると熱せられていく。すると蒸気圧が上がって回転軸が回り出す。

「おお！　これは凄い！」

ロランは大喜びだ。蒸気機関の周りをぐるぐると回りながらあちこちと見ている。

「これは小型のものですが大きくする事で力も上がります。可能性としてはファントムホースが要らない荷馬車も作ることが可能ですし、小麦を挽《ひ》いて粉にする作業もこの動力で可能でしょう。色々と使えると思います」

「うむうむ、君の言うとおりだ」と目を輝かせるロラン。

それから簡単な図面と魔法陣を教えて、次は軍事用のファントムアーマーを見せてもらうこととなった。簡単に昼食をとると駐機姿勢の軍事用ファントムアーマーがある倉庫へと足を踏み入れる。

そこからはロランからの説明を聞きながらファントムアーマーをじっくりと観察することが出来た。やはり軍事用のファントムアーマーは魔法陣と魔獣の皮が使われており、出力も探索者用の物よりも大きく、燃料用魔石も大きくて活動時間が延ばされていた。

武装は剣・斧《おの》・ハンマー・ハルバート・盾などを使い、魔法兵器は使われていないという。どうやらそういった技術はないようだ。

飛び道具は大型のクロスボウ。人間の力では引くことが出来ないほどの威力である。

そんなこんなで色々と見させてもらうと、ロランはこの研究所に入れる許可証を渡してくれた。これでいつでもここで色々と作れるようになるのだとか。

俺は他国の人間だが、良いのだろうか？

そう尋ねると、隣の国の者なら問題があるがコウは他の大陸の人間なので、問題がないのだと言う。

それならばと喜んで頂く。

ロランは他の研究者も呼んで魔導蒸気機関を動かして議論している。何だか楽しそうだ。

今日はもう帰りますと言ったら、また明日とか言っている。

まぁ、特にやる事はないし明日もお邪魔しますかね。

途中、広場で色々と買い込みながら帰る。今日も賑やかだ。

悪くないね。

第八章 遺跡探索

数週間が経《た》った。

これまで研究所に行ったりドラガンの工房を手伝ったり飲みに行ったりなどをしていた。

さてそろそろ探索者らしいことをしようか。遺跡に行ってみたいと思う。

一応、ロランやドラガンには遺跡について色々と聞いていた。どこの遺跡がオススメでどこに未踏の遺跡があるかもしれないといったことだ。

まずは発掘済みだがオススメされた遺跡に行ってみることにする。

ソーサリーアーマーに乗り込み、広場の門から出て簡易な地図を表示する。そしてオススメされた遺跡へと向かう。バックパックは付けず、背面腰に剣、左腕にバックラーを装備。

遺跡が近くなってくると魔獣と接敵するようになった。

まずはオーク。

オークはこちらを見つけると棍棒《こんぼう》を振《ふ》り翳《かざ》して近づいてくるが、一歩でオークの懐に入ると剣を横なぎに払い胴を真っ二つにする。

問題ないな。

更に数匹のオークを処理すると、今度はオークを二匹引き連れたオーガが現れる。

一瞬で近づき、剣を二振りすると二匹のオークはこときれる。それを見たオーガは雄叫《おたけ》びを上げるがソーサリーアーマーを操作して簡単に懐に入ると心臓部分を一刺し。これでオーガは力を失い倒れる。

たしかに魔獣との接敵する確率が多いね。

三十分ほど前進すると地面が変わる。

遺跡に到着したらしい。

しばらく進むと地面に大きな穴が開いていて下に降りられるようだ。ここが遺跡内の入り口だ。

照明となるライトをソーサリーアーマー周辺に固定して慎重に中へと入っていく。

少し降りると周辺の雰囲気が変わる。

壁や天井、床が人工物へと変わった。謎の材質だ。何だろうか？　鑑定しても分からない。

ああ、でも所々に古代文字で何か書いてある。

ふむ、地下一階と表示されている。もちろん、古代語で。面白い。ワクワクするね。

何の搬入口だったのだろうか？　通路の幅や天井高もかなりある。

今度は左右に開口部が現れたが、どちらも奥には何も無いようだ。

更に進むといくつかの開口部が左右に現れるが、もちろん、何も無い。

だが壁の古代語を読むと備品倉庫と読める。

もう少し行くと小さな開口部が現れた。ここには開口部上に資料室と古代語で書かれているが中には何もない。

突き当たりに来たが小さな部屋があるだけだ。

ん？　その開口部上に書いてある古代語を読むと第一搬入昇降機と書いてある。

これはもしや、と思って調べる。

ふむふむ。これは当たりかもしれない。

だが階段とかは無いのだろうか？　通常は昇降機が動かなくなった時を想定して階段があるはずなのだが、探してみてもないね。どうしようか？

ロランさんに知らせるべきかね？

まぁ、この辺には探索者はいないようだし、もう少し詳しく調べてみるか。

そうしよう。ふふふ、冒険だね。

昇降機と思われる中に入る。かなり昇降機としては大きいね。ソーサリーアーマーが入っても天井高や部屋の大きさにも余裕がある。

床を結界で覆った拳で打ち抜く。

ガゴンッという音とともに床がひしゃげ、穴が開いた。

中を光魔法で照らす。ビンゴだ。下へと延びた空間がある。

水魔法でウォーターカッターを再現し、ソーサリーアーマーが入れるくらいの穴を開ける。

出来た。中を光魔法で照らす。大丈夫だね。

さて中に入ろうか。

ソーサリーアーマーで飛び降りるが、魔導スラスターで降下速度を落として降下する。

おっと、昇降機の出入り口を過ぎた。まだ下がある。

もう一つ通過。

更にもう一つ通過。

次も通過するとやがて地面に辿《たど》り着《つ》く。地下五階という事だろうか。

やや上にある開口部をウォーターカッターで開けていく。

何とかソーサリーアーマーが入ることが出来るようになった。

慎重に中を光魔法で照らして観察する。

問題ないようだね。中へと侵入していく。通路は真《ま》っ直《す》ぐだ。

二十mほどだろうか、奥へと進むと突き当たりに扉があった。これも無理やりこじ開ける。

何とかこじ開け、中に大きな光魔法で光源を作り出すとかなりの広さだと分かった。大きな物流倉庫ぐらいの広さがあり、綺麗《きれい》にラックが並び、そのラックに色々なものが置かれている。

確認すると魔導具だね。それも生活が便利になる魔導具。それが入っていた箱は崩れているが魔導具自体の保存状態は良い。

コンロやランプ、冷蔵庫、洗濯機と色々とある。ここは大きな量販店の地下倉庫だったのだろう。

倉庫の突き当たりに扉があり、そこを開けると階段があった。

ああなるほど。地下一階への階段部分が無くなっていたのだね。ここは地下五階だ。

地下四階へと上がってみよう。

地下四階のフロアに来た。扉をこじ開ける。

中に入ると地下四階も大きな一つのフロアのようだ。ここもラックが整然と並んでいて何か形の崩れた箱がラックに数多く収納されている。

近づいてみると衣料品のようだ。しかし触ると崩れてしまう。ラック内の多くの物が何百年と放置された経年劣化で形を保てないようだった。残念だ。

地下四階はざっと見て終了。

次の地下三階に行こう。階段に戻り、上の階へと進む。

地下三階の扉をこじ開ける。

中に入るとここも一つのフロアだ。中を光魔法で照らすとまたもラックが並んでいる。グルッとフロアを回ると玩具《おもちゃ》？　幼児用の三輪車？　前輪二輪後ろ一輪の自転車？　室内用滑り台？　などなど、後は形を留《とど》めておらず、用途不明の物が多数見受けられた。

ここもこんな物か……。

階段へと戻り上の地下二階を目指す。

扉をこじ開けるとここも大きな空間で一つのフロアのようだ。光魔法で照らす。

そこには……。

搬入用と思われる四輪のフォークリフトのような。いや、フォークリフトだ。多分そうだ。それがエレベーター方面の扉近くに八台並んでいる。

それはいい。問題はそこからこちらの階段側の扉側へと並んでいる物だ。

明らかに小型のショベルカーや耕転機《こううんき》、それらのアタッチメントが並び、大型の農耕機械が並んでいる。かなりの数だ。

これらはファントムギアとは違い、四輪の物や無限軌道の物まである。それが完全な形を保っている。ゴムらしきタイヤもだ。

これは凄《すご》い。

勝手に持ち出したらまずいか？　でもあれだ、先に見つけた者の特権だよね。

とりあえずフォークリフトらしき物など、片っ端から一種類ずつ収納していく。

ふふふ、大漁だ。

脇にロッカーのようなものもある。中を確認するとカタログのような物や取扱説明書があった。全て古代語だ。これらも一部ずつ収納する。何か状態保存でもかかっているような綺麗さだ。このロッカーにかけられていたとみるべきだね。

さてどうしようか？　探索者協会に知らせるべきか……ああ、ロランさんに間に入ってもらおうか。それが良いような気がする。

念のため、階段を上に上がる。フロア側は埋もれているようだ。階段は上へと延びているが、もちろんその先は埋まっている。

エレベーターの扉に行きこじ開ける。

一度、ソーサリーアーマーは収納へとしまい、結界を足場にしてエレベーター内を上がっていく。出られた。ロランさんの所に行こうか。

「え!?　もう一度言ってくれ……」

「ですから、遺跡で未発見の場所を見つけてしまいました」

「は!?　み、未発見の場所だと？　オススメした遺跡に行ったのではないのか？　たしかにあそこはいくつかの開口部があるが」

「はい、その一つ目の開口部へと入ったら見つけちゃいました」

「本当か？」
「本当です」とロランさんの目を見る。
「分かった。調査のためにこれからすぐにでも行こう」

ロランさんは部屋を出ていってしまう。

しばらくすると研究所の仲間数人とともに遺跡へと向かう。そして大規模な未発見の場所と大量の発掘物が見つかる。ロランさん達《たち》はすぐに首都へと戻り国へと報告。

大規模な調査隊が組織されることとなる。もちろん、遺跡は封鎖だ。

数日が経つと遺跡で大規模な発見があったと発表された。

これにより探索者は発見済みの遺跡に殺到。小さな発見だが続々と成果を上げることになる。

それで俺は第一発見者として褒賞を貰《もら》えることとなった。

貰ったのはありがたい勲章と褒賞金だ。褒賞金は商業ギルドへと振り込まれる。

それもこの勲章があれば、ある程度の所に入れるし、申請すれば通常では入れない場所にも入れる可能性があるという。

ふふふ、これは通常は見られない古代書を見せてもらうしかないね。

ということでロランさん経由で申請し、一週間後に許可が降りる。

もちろん、監視付きだが。

迎えのファントムホースの馬車に乗ると窓は全て閉ざされる。

場所が分からないようにするためのようだ。

でもどこに行っているかは分かる。言わないが。

ふむ、第二層を越えて第三層の門も過ぎて城方面へと向かっているのが分かる。

城に入った。

何か暗い倉庫のような場所で降ろされた。

そこに魔導ランプを持った執事のような人と護衛の騎士らしき人が二名来る。どうやら案内係のようだ。

複雑に入り組んだ通路を抜けると階段を降り始める。かなりの深さを階段で降りた。

目の前にはかなり頑丈そうな扉がある。執事が鍵を開けると騎士の二人が扉を開く。

中は真っ暗だ。すると天井の魔導ランプが灯《とも》る。

凄い！　かなりの数の本棚が並んでいる。この全てが古代書なのだろうか？

執事の方に聞くと全て遺跡から発掘された古代書であるという。殆《ほとん》どの古代書が解析されておらず、図として描かれている魔法陣のみを写し出し、実験していくつかの使い方が分かった程度だという。今なお、優先して研究されている物なのだそうだ。出来れば何か分かったら教えてほしいのだとか。

古代書の内容を全部は教えられないが、どうでも良いような箇所は教えようか。

さて、これから忙しくなるね。


一週間に一度、古代書を読みに行っている。

内容の重複する本もあり、何とも言えないがかなりの量を読んでいる。

その他の日はロランさんの所で魔導蒸気機関を使って色々と試している。俺からは船に付けて外輪船にしてはどうかと提案している。今の魔導船は帆に直接、風の魔導具で風を当てて進む仕様でかなり効率が悪いし、風が強く吹くと使えなくなる。

ドラガンともよく遊び、よく議論した。とても充実した日々を過ごしている。楽しいね。

レオンの所にも一度行った。だいぶ環境に慣れてきたようで安心した。

あとは遺跡で回収した物を調べている。カタログや取説から読み解くと、やはり農耕機器だった。もちろん、魔導具であり魔石を燃料にして動く。

基本は魔導エンジンだが、カタログの中で最新と謳《うた》われているのは魔導モーターだった。扱いも楽だもんね。

でもアレだ。無限軌道を見てロマンを感じた。ふふふ、何か作ろうかね。キュラキュラと音を立てて進む。良いではないか。

「教皇様、参りました」

「ふむ、それで首尾はどうだ？」

「それが失敗に終わりました」

「どういうことだ？」

「魔獣の誘導は成功したようなのですが、殲滅《せんめつ》されました」

「高位の魔獣が少なかったのか？」

「いえ、数百はいたと聞いています」

「それがなぜだ？」

「かなりの規模の魔法が使われたと」

「ふ〜む、それほどの技術があの国にな。それで帝国はどうなった」

「分裂してしまいました」

「使えぬのう。せっかく、貴重な魔導具を渡したというのにのう。転移陣は大丈夫か？」

「はい、いくつかの陣は経年劣化で使えませんが各大陸に二つは機能しています。隠蔽は完璧です」

「そうか。たしか獣人どもが住む大陸で争いが起きたとか聞いたが」

「はい、魔法国から杖の技術が渡りまして人族が亜人種を攻撃しましたが、それも亜人側の抵抗により、現在は膠着《こうちゃく》しております」

「そちらもダメか。これでは魂の数が足りないではないか。儀式が行えん」

「では、例の計画を進めても」

「人形使いの国など滅ぼしても構わん。やれ」

「はっ」と言って男は出ていく。

教皇と呼ばれた男が大きな扉を開けると、そこには脈を打つ巨大な魔法陣が怪しく光っていた。

「何もかも足りん」

教皇と呼ばれた男は扉を閉めてその場を後にする。

ロランさんから連絡があり、魔導蒸気機関を魔導船に取り付けて外輪船にする計画が了承された。

設計段階から絡む事が出来て楽しい。

船の規模に合わせて魔導蒸気機関を設計していく。設計が完了したらミニチュアを作り、動かして不具合がないか検証をしていく。

いくつかの場所の材質を変えて問題を解決する。ふふふ、楽しい。

二ヶ月で試作魔導蒸気機関が完成した。もちろん外輪も製作済みで後は船に取り付けるだけ。


翌日にはロランさんと港町に行く。

そこは大きな港町で大規模な造船所もある。

そこに今回製作した魔導蒸気機関を運び、船に取り付ける。


作業すること一週間で魔導蒸気機関と外輪を取り付けることが出来た。帆もあるし見た目は黒船来航な感じだ。

船は造船所を出て港に浮かんでいる。

ロランさんと俺も乗っている。これから試験だ。

手順どおりに蒸気機関が動き出した。それにより外輪が回り出して船が前に進む。

これにはみなさん大喜び。

二時間ほど試験運用したが問題はなかった。成功だ。

これで大航海時代到来だろうか？

海は魔獣が少なく、比較的海は安全だと言っているがどうだろうか？　嵐には勝てないよ。

もう少し造船技術が上がれば安全な航海が出来るかもしれないね。

少し手伝うか。リンドルンガがある大陸と交易が出来ると楽しいのだが。

まだ先だね。


今日は朝から遺跡探索に出かける。行く場所は未探索地域。

数日間準備をしていたので、そのまま出かける。

ソーサリーアーマーに乗り大地を駆ける。天気も良いし気分も上々だね。ふふふ。

前に探索した遺跡を過ぎて奥へと進む。まだ、ここら辺は探索済の地域だ。魔獣もそれほど強くない。順調だ。


この日は順調に進み、夕暮れとなったので野営をする。ソーサリーアーマーの周りに結界を張る魔導具を置き、起動させる。これで中級レベルの魔獣なら問題ない。

適当な物を収納から取り出して夕食にする。まぁ、ボア丼だ。

最後にコーヒーを飲みながら夜空を見上げる。

ああ、綺麗だね。この世界にも月がある。何か地球と似ているね。でも地球では魔法は使えなかったし、魔獣も居なかった。

何が違うのだろうか？　でもアレだ、魔獣は居なかったが物語に魔法は出てきた。もしかしたら実は地球でも魔法が使えたのかもしれない。

まぁ、考えてもしょうがないね。もう、寝よう。


翌朝、起きてから簡単な朝食を取り、ソーサリーアーマーで奥へと向かう。

なかなか、強い魔獣がちらほらと現れる。

そろそろ、未探索地域に入る。おお、ギガントベアだ。デカいね。

巨体に似合わず身軽な動きだ。

……だがそれだけだ。簡単に首を落とす。一応、収納しとこうか。

どうやらこの辺はギガントベアが多いね。よく遭う。

うん？　雰囲気が変わった。何だろうか？　何か薄い膜のような物を抜けた感じがする。

少しの間慎重に進むが………どういうことか同じ場所をグルグルと回っているようだ。何かの罠《わな》に嵌《はま》ってしまった。

これがあるからここは未探索地域なのだろうね。

戻ってみるとまた薄い膜のような物を抜け、通常の空間に戻れたようだ。どうしようか？

ソーサリーアーマーの中から魔力を解放して膜があると思われる空間に放つ。

すると膜に反応があった。

更に魔力を強めると膜が弾《はじ》け飛《と》んだ。

前に進むと膜を通る感覚はもうない。そのまま進む。

一時間ほど進むとまた膜を通る感覚があるが目の前には何もない。

だがしばらく進むと遺跡が見えてきた。

比較的綺麗に形が残っている。何かの施設の入り口っぽいね。

ソーサリーアーマーを降りて建物の中に入る。

中には何もない。前に扉があるだけだ。

扉の右に何かのコンソールがある。色々と触ってみるが、うんともすんとも言わない。もう壊れていて動かないか、動力を動かす燃料がないのだろうか？

コンソールに手を当てて魔力を流してみる。

《……魔力紋を確認……該当者なし……神気の存在を確認しました。上位者権限により魔力紋を登録します……登録しました。施設を起動しますか？　ＹＥＳ／ＮＯ……》

驚いた。動いたよ。神気とは何だろうか？　まぁ、それは後でも良い。

施設の起動だからもちろん、ＹＥＳと選択すると扉が左右に開いた。

照明が点《っ》いて中にはもう一つ扉があり、中に入ると扉が閉まってエレベーターが下へと動き出す。

目標の場所に着いたのか、扉が開く。暗いね。

しかし一歩を踏み出すと照明が点いた。

廊下というか通路を歩くが左右には扉などはない。ただ、真っ直ぐな通路が続く。

十分は歩いただろうか、やっと扉が見える。

右にまたコンソールがあるので、この扉は自動では開かないだろうね。魔力を流すと、

《魔力紋を確認…………該当者あり。扉を開けます》
と扉が左右に開いていく。そこには…………。
「これは凄い」
明かりに照らされた大きな物体を見つめる。

某所。

「先輩、調べてきましたよ」

「ああ、それで結果は？」

「該当者ありです」

「何もんだ？」

「それがたしかに指紋は一致していたのですが……」

「おい。勿体《もったい》つけるな」

「は、はい、それが該当者は既に死んでいたのですよ」

「何だと！　死んでいるだと。それで名前は？」

「有元《ありもと》航平《こうへい》という男です。鉄道事故により死んでいます」

「たしかなのか」

「はい、たしかです」

「というと指紋が同じ別人ということか……例の件もあるしな」

「はい、ですがその件は国の上層部の預かりとなったのでは？」

「そうだが調べるのは良いだろう」

「ですが……」

「空想ではなく集団誘拐とも言える召喚による異世界転移。そそられるだろう」

「そうなんですが。良いのですか？」

「問題ない。もう少しその有元の事を調べてくれ」

「はい、分かりました」と男は部屋を出ていく。

「ふふ、バーガーセットが袋ごと突然消えて金貨が残るとかな。これも異世界絡みだろうな。それにしても有元か。死んでいるとかラノベなら死後に異世界転生か転移か？　死んでいるから転生か。面白いな」と男は窓の外を眺める。

第九章　宇宙船

俺の前には巨大なシルバーの物体がある。

全長は百m、流線形のボディーが美しい。三本の脚で支えられている。

胴体下部からは幾本かのケーブルが伸びている。そしてヴーンと低い音が微《かす》かだが聞こえる。生きているようだ。

近づいて見てみると銀色の胴体は何で出来ているのか分からない。

鑑定も未知の物質としか出てこない。

胴体下の中央付近に円柱状の物が地面へと伸びている。

そこに行くとどうやら出入り口のようだ。

近づいても開かない。

やはりコンソールがある。そこにも手を当てて魔力を流し込む。

《魔力紋を確認します…………確認しました。該当者ありです。既に前任者のマスター期限が過ぎています。マスター登録をしますか……ＹＥＳ／ＮＯ》

これもYESを選択。

《マスター登録をします……完了しました。どうぞマスター》

出入り口の扉が開く。

中に入ると扉が閉まり、軽い浮遊感とともに上へと動き出す。

動きが止まり、扉が開く。通路のようだ。照明も点《つ》いている。すると……、

《初めましてマスター。管理ＡＩのナブです》

「管理ＡＩか……ナブと言ったか、これがどういうものか教えてくれ」

《はい、その前にブリッジへと移動してください》

その言葉とともに目の前に矢印が表示され、それに従って歩くと扉が開く。

ブリッジだ。三百六十度モニターで中央にコンソールが並んだ一角があり、どうやっているのか分からないが、その部分だけが浮いている。

足元に丸い板のような物が滑るように現れると矢印が表示される。どうやら乗れということなのだろう。乗ると何も音がせずに中央のコントロールする部分へと到着。

降りると一番後ろで少し他の席より高くなった席へと矢印で案内されて座る。

《マスター、何なりとお聞きください》

「まずこれは何なんだ？」

《はい、マスター。この船はイリノー社製外惑星間中型宇宙船、ライノ型三番艦「ミルストル号」です》

「宇宙船ということだな」

《はい、マスター》

「ではこの船はいつからここにあるんだ？」

《六千百二十三年前からあります》

「この星に来たのが六千百二十三年前ということか？」

《いえ、この星へと着いたのは六千百二十八年前となります》

「なんでこの星に来たんだ？」

《主星の魔力濃度が下がり、魔力の濃い他の星へと移住するためです》

「うん？　するとこの星に来たのは三百人くらいか？」

《いいえ、三千人です》

「この大きさの船にそれだけ乗れたのか？　もしかしたら他にも船があるのか？」

《この船に三千を人乗せてきました。他の船はありません》

「どうやったらこの船の大きさに三千人も乗れたんだ？」
《居住区は空間拡張機能により通常空間の十倍の広さとなっています》
「それにしても、ここへ他に人は来なかったのか？」
《五千八百二年前までは移住者の子孫がマスターを引き継ぎながら来ていましたが、それ以来は来ていません》
「何が起きたか分かるか」
《その時はまだ機能していた衛星からの情報では、大規模な魔獣の氾濫と現地人との争いのために来られなくなったと推察します。それから数年で衛星も機能しなくなり、現在までは外の状況は分かりません》
「衛星は上げなかったのか？」
《衛星製造打ち上げはマスター権限となります》
「そうか。衛星はあるのか？」
《三基あります。打ち上げますか？》
「ああ、打ち上げてくれ。それでどれだけこの星が変わったか調べてくれ」
《はい、マスター。衛星打ち上げ実行します………打ち上げまで三十分です》
「他に情報が欲しい。どうにかならないか？」
《それではこれを右の耳の裏に付けてください》
丸い小さな板が目の前に滑るように現れて、その上に何か小さな物体が載っている。それを言われたとおりに耳の裏に付ける。

「付けたぞ」

《同調作業を始めます》

頭に魔力が流されて少し気持ち悪くなるが、すぐに終わる。

《同調作業が終わりました。これで声を出さなくともやり取りが出来るようになりました》

これはかなり便利な物だった。ナブに質問をすると声だけではなく目の前に映像が出てくるし、ナブに許可すれば記憶の中から探し出して他の情報と比較調査してくれる。それもこの星の上ならどこからでもナブにアクセス出来る。便利。

三十分が過ぎると衛星が打ち上がる。それから一時間もすると情報が集まり出す。

ナブによるとかなり地形が変わっているようだ。そうだろうな。

他にも文明レベルもかなり下がっているとか、どこかの時点で一度滅びたのかもな。そうじゃなきゃ遺跡になんてならないか。

それからも色々とナブと話をして、そういえばと聞いてみた。

「地球という星は知っているか？」

《マスターの記憶から推察される星はあります。生物が生きる環境にはありましたが、魔力濃度が低く移住該当外とされた星です》

懐かしい地球を含めた太陽系が目の前に映し出される。

ああ、地球だ。

地球か……。行けるのか？

「ナブ、この星に行きたいとなったらどれくらいで行ける？」

《距離は約二百五十万光年になり、メイン・ディープ・ドライブで三週間となります。正確な時間を割り出しますか？》
「いや、まだいい」
そうか三週間で行けるのか、凄《すご》いな。でも今更行ってもだよなぁ。
「ナブ、この船は動けるのか？」
《はい、マスター。動かすことが出来ます》
「では宇宙へ行こうか」
《はい、準備開始します…………準備完了です。魔力供給パイプ排除……。いつでもいけます》
「発進」
《発進します》
船体がふわりと浮かび上がり、三本の足を収納。頭上の屋根が開いていく。
陽光が差し込み銀色の船体を輝かせる。
《重力ドライブ出力上昇十%……多重防御シールド展開……完了……重力ドライブ出力上昇三十%……重力ドライブ出力上昇六十%……》
眼下の地上がみるみる小さくなっていく……凄いな。何も衝撃を感じない。
《周回軌道に入ります…………重力ドライブを下方から全面に展開します…………周回軌道に入りました。数周周回軌道を回ります。次の目標を設定してください》
眼下には次々と過ぎ去る大陸や海が見える。俺も青かったとか言えば良かっただろうか。それにしてもこの眺めは圧巻の一言だ。

「次は月を周って帰ってこよう」

《はい、マスター。月を目標に設定します……設定完了しました。本船は月を回り帰還します》

そこからはあっという間に月を回り地上へと帰還した。凄い性能だ。

地上に帰ると地上を監視する探査ポッドが数百あるというので各地に放ってもらい、情報収集をしてもらう。

あとは数日こもって船に蓄積された技術情報を片っ端から閲覧する。何か自分でも応用可能な技術があれば積極的に取り込んでいく。ふふふ、とても楽しいね。

それからは居住エリアのマスタールームに案内され、至れり尽くせりのサービスでナブから情報を聞き出して閲覧していく。

これが二週間ほど続いた頃、ナブから連絡が来る。
《マスター、報告があります》
「何だ、ナブ」
俺は読んでいた情報から目を離し、顔を上げる。
《この国に一番近い港町に、複数の統率された魔獣が襲撃を仕掛けようとしています》
「探査ポッドの情報か？」
《はい、マスター》
「映像は観《み》れるか？」
《映像を映します》

目の前に映像が展開される。
そこには海から続々と魔獣が陸に上がろうとひしめいている。
「何でリザードマンが海から来るんだ？　リザードマンは沼地が生息地だったはずだ。それに見た事もない高位種が多数いるし、あの装備は何だ？　全て新品で揃《そろ》っている。魔法の杖を持つリザードマンもいる。全体の数は分かるか」
《はい、マスター……高位種を含めた同種で四千二百三十四体です》
「それはまずいな。この上空まで飛んでくれ」
《はい、マスター。発進準備を開始します……準備完了しました。発進します……発進しました。念のため隠蔽シールドを展開します……展開しました》
コウを乗せた宇宙船は空を飛び、現場へと急行する。

上空に到達した俺はソーサリーアーマーに乗り、後部にある大型ハッチから現場へと降下する。

上空から見ると四分の一ほどのリザードマンが上陸して街を蹂躙《じゅうりん》している。所々で軍の物と思われるファントムアーマーが必死に応戦しているが、数が違い過ぎる。

冒険者のファントムアーマーも各所で奮戦しているが、こちらも押されて後退している。

何よりもリザードマンが使う魔法の杖の性能がおかしい。あれは獣人族を襲っていた人族が使っていた物と同等か、それ以上の性能のようだ。

発動と射程はもちろんの事、威力までかさ増しされているように感じる。

地上に降りた俺はソーサリーアーマーに魔法攻撃用のバックパックを背負う。

味方がいないことを確認し、陸に上がってこようとしているリザードマンに向かって魔法で攻撃する。赤く伸びた火の弾が空中で分裂。その直線上にいたリザードマンを焼いていく。それを斉射。更に範囲を広げてリザードマンを駆逐していく。


「それで例の件はどうなった？」

「はい、教皇様。準備が整いまして例の国へと攻撃を仕掛けている頃と思われます」

「そうか。でだ、数はいかほど用意出来た？」

「はい、四千ほど用意出来ました。もちろん、かなりの数の高位種も用意してございます」

「ふむ、魔法国の杖はどうした？」

「はい、あれも最新の物を五百ほど用意出来ました」

「ははは、これで人形使いどもを壊滅出来なくともかなり削れるだろう。これで空気中に魂の数が増えるぞ。儀式も近いうちに行えるだろう。よくやった」

「はっ、必ず良い知らせを報告いたします」と男は部屋を出ていく。

「もう少しじゃ」

教皇と呼ばれた男は中空を眺めてニヤリと笑う。

俺は陸に上がろうとしていたリザードマンを粗方仕留めると、バックパックを収納してハンマーを装備する。

目に入ったリザードマンを片っ端から潰していく。時折、杖を持ったリザードマンに魔法攻撃をされるが結界を展開して防ぎ、ハンマーで潰していく。

既に一時間は戦闘をしている。

軍のファントムアーマーと冒険者のファントムアーマーもまだ健在のようだ。

残りのリザードマンは千五百といったところか。

俺はソーサリーアーマーの魔法陣に介入し、頭上にファイヤーボールを数十展開してそれを誘導しながら確実に殲滅《せんめつ》していく。もちろん、近づいてきたリザードマンはハンマーで潰す。

そこから一時間ほど経過するとリザードマンの残りは五十ほどだろうか？

でも変だね。ここまでやられたら普通は逃げるのにな。これは何かあるのだろう。

残りは通常装備のリザードマンのため、軍と冒険者のファントムアーマーに任せる。

俺は比較的原型を保っているリザードマンの装備を回収する。特に魔法の杖は集中的に集めた。

リザードマンを殲滅し切った軍のファントムアーマーが一機近づいてくる。俺はそれに気付いてハッチを開けて対応する。

「助力、感謝する」

ファントムアーマーのハッチを開けていかにも軍人のような男が声を掛けてくる。

「いえいえ、たまたまですよ」

「いや。貴公が居なかったなら我々は首都へのリザードマンの侵攻を許していただろう。それで貴公の名は？」

「探索者で商人のコウです」

「ああ、たしかロラン殿の所に通っていた遺跡の新たな発見者の」と何か納得したように頷《うなず》く。

「はい」

「本当に感謝する。褒賞や何やらは後処理の後になるが、ロラン殿に聞けば連絡は取れるか？」

「はい、取れます」

「ならまた事情聴取などもある故に助力を頼む」

軍のファントムアーマーは去っていった。

ああ、そういえば名前を聞かなかったな。まぁ、良いか。

それからナブと連絡を取って引き返してもらい、俺はこのまま首都へと向かう。

「ロランさんに報告しなきゃな。お土産もあるし」


久しぶりの首都だ。

まずはロランの所へ。

「コウ！　久しぶりだな！」

俺を見つけたロランが走って近づいてくる。

「ははは、遺跡巡りをしていました」

「それで何か成果は？」

「内緒です」と言うとロランはジト目で見てくる。

「それよりも」

俺は港町であったことを話して魔法の杖やリザードマンの使っていた装備を見せる。

「これは！　たしかにリザードマンが使うには上等過ぎるな。この杖も相当な物だ」

「そうなんです。この杖は他の大陸でも使われていました。その時の物よりも優れた物です。それをリザードマンが使うのはおかしいです」

「ふむ、そうすると今回のことは仕組まれたものだと？」とロランは腕を組み考える。

「十中八九そうでしょうね」

それからは杖の構造を簡単にロランに教えて今回の物を調査していくと、やはり中の魔法陣がかなり洗練されており最新の物に見える。それにこれをリザードマンが作れるわけがない。

これはどう見ても仕組まれた事だね。ナブに探査ポッドで調べてもらうか。記録にリザードマンの移動したログがあれば良いのだが。

数日が経《た》つと港町の被害の状況が分かってきた。

今回のリザードマンによる襲撃での死者は意外と少なかった。港で働く漁師が早期にリザードマンの移動を感知。それにより住民の避難が間に合ったようだ。

あとはなぜか整然と統率されたように移動していたリザードマンだが、その移動速度は速くなかった。

　何か理由があるのだろう。

国の上層部も今回の件は仕組まれたものである可能性が高いと見て調査を開始した。

　何か分かれば良いのだが。

ナブの方の探査ポッドでの記録には細切れだがログが残っていた。やはり他の大陸で誘導されていた形跡がある。

　他にも襲撃できそうな箇所があるにもかかわらず、かなりの距離を真《ま》っ直《す》ぐ港町に向かっていた。

ただし、今回の襲撃には魔獣を誘引するような魔導具は見つかっていないし形跡もない。

　他の方法が使われたのだろう。ナブが言うには他の大陸で魔獣を使役する魔法が存在するという。

場所は分かっているので今度行ってみたいと思う。

　他には魔法の杖だが、これの出所が分かった。

　魔法国ライネリオンという、これも他の大陸の国だ。魔法の研究が盛んで研究のために魔導具を周辺国にばら撒《ま》いているという。

　ここも時間があれば行ってみたいな。

ナブは優秀だね。まさしくチート。

ただし、今回の黒幕は分かっていない。この魔導国エリオリアンにその魔獣を使役出来る者が侵入していたのだろうか？　分からないね。まぁ、これはこの国に任せよう。俺が考えても仕方がない。

明日は国から呼ばれて色々と事情聴取など手続きがある。

どうなるのだろうか？　褒賞もくれるというので少し楽しみだ。


翌日は朝から首都の二層を越えて一層の中へと入る。

中に入るとかなりの距離を歩いて、執務室か何かに案内される。かなり豪奢《ごうしゃ》な部屋だ。

椅子に座って待っていると扉が開き、男が入ってくる。

「コウさんでよろしいかな？　私はこの国の宰相を務めるアル・ラルバだ」

男は机を挟んだ向かいに座る。

「はい、私がコウです」

そう答えると執事っぽい人がワゴンを押してきてお茶をカップに注ぎ、目の前に置く。

良い香りがするね。一口飲む……うん、これは当たりだ。帰りにどこで手に入るか聞いてみよう。

「まずはコウさん、今回の助力ありがとうございます」

男は頭を下げる。この人は、この国では平民である俺に頭を下げられるんだね。

「たまたまですよ」

「いや、私達《たち》のファントムアーマーでは抑えるのは難しかったでしょう。報告ではリザードマン約四千のうち三千五百は確実にコウさんにより駆逐されたと聞いています。特に高位種と魔法の杖を使うリザードマンを中心に駆逐されたとも」

うん？　何か宰相の目がキラキラしているね。なんでだろうか？

色々と話しているとこの宰相、元は研究畑にいたのだとか。それが家やらなんやらの関係で宰相をすることになったと。

だから新しい技術には貪欲なんだね。

まぁ、でも今はソーサリーアーマーとして別物になっているが、アイデアは旧式であるもののこの国のファントムアーマーを参考にして作っているし。内部構造が違うと言っても別に同じことがファントムアーマーでも出来るし。

その辺の事も話すと、既にロランさん経由で聞いていたらしく色々と質問してきた。

その流れでリンドルンガでの魔獣が魔導具で誘導された話をすると、やはりこの国の元となった国の話になり、何か知らない勢力がトルドア王国を含めてこの国にも厄災を起こそうとしているのでは、という話になった。

この国でも色々と調査はしているが、今のところ手がかりはないという。

ここで魔法の杖についての情報も開示する。その獣人族へ向けて使われた杖であるという情報もロランさん経由で聞いていたらしく、それへの対応方法も聞かれた。

特に秘匿する情報でもないのでロランさんに伝えると言うと、私も行きたいと言っていたがお付きの人に睨《にら》まれて溜《た》め息《いき》をついていた。ご苦労様だ。

褒賞についてはお金の他にも考えているらしく、少し待ってくれと言われた。うん、それは特に問題ない。

翌日はロランさんの所で、魔法の杖に対抗するための結界を発生させる魔法陣を公開した。

これには他の研究者も集まってきて、簡単な結界発生装置を作って発動させて魔法を放ち、強度を確かめていた。

ロランさんはこれで一層探索が進むのでは考えているようだ。

他にも魔法の杖を応用した魔法装備も提案。これにより研究者は興奮してああでもないこうでもないと議論が白熱。

とても有意義な時間となった。

やはり同じ志というか同じ趣味を持つ人と話すのは楽しいね。


そんなこんなで時が過ぎて二ヶ月が経った頃、言葉が通じない男が瀕死《ひんし》の状態で保護されたという報告があった。

なんとか体は回復したが言葉が通じなくて困っているという。それで他の大陸に行った事がある俺が呼ばれた。

捕まっている男と話すと、この男はどうやら魔獣使いだという。村で暮らしていたら突然捕らえられて奴隷にされたそうだ。たしかに胸の辺りに奴隷紋があり、それにより行動を制限されていた。

男の住んでいた場所は山間にある里で、その周辺には同様の里が数多く点在していたという。だが、男は地域の名称や大陸がどこにあるのかとかはサッパリ分からないらしい。

そして、どのように連れてこられたのかも分からないようだ。

数十人の仲間が捕まって今回一緒に行動していたが、その殆《ほとん》どは死んだ。それも使役していた魔獣、リザードマンによって。

元々、彼らを捕まえて奴隷化した者らは、事が起こった後に彼らには死んでもらうつもりだったらしい。魔獣のリザードマンは上陸後に勝手に獲物である人族を襲うからである。

これにより何らかの組織によるリザードマンを用いた攻撃だと断定された。

この事情聴取後、俺は宰相に呼ばれて金銭による褒賞のほか国家研究所の名誉研究員として、いつでも研究所に入ったり古代書を読んだり出来る権限を与えられた。


「それで人形使いどもはどうなった？」

「は、はい。教皇様、そ、それなのですが、たしかに魔獣使いによって上陸には成功しましたが、早期に発見されて住民が事のほか早く避難してしまい、被害を与えられぬまま人形どもに行手を阻まれてリザードマンは殲滅されました………」

「何を言っているのか？　あれだけの装備と最新式の魔法の杖だぞ！　それが役に立たなかったというのか！　それともその港町にはかなりの数の人形があったのか？」

「人形の数はそれほどでもありませんでしたが、その中に恐ろしく高性能な人形が居まして、それにより殆どやられてしまいました……」

「くっ！　それほどに人形使いどもの技術が発展していると！　そんな馬鹿な。数年前に少し改良された程度と報告があったはずではないのか？」

「はい、その時点ではそういう見解でしたが、どうやら秘匿戦力のようでして……」

「もういい。下がれ」と冷たく言い放つ。

「はっ」と男はそそくさと出ていく。

「なんという事だ。これでは儀式が……儀式が。他に何か手立てを考えなければ」

教皇と呼ばれた男は唇を噛《か》む。


解放された俺は、自分の工房でソファーを出して魔導ピアノで久しぶりに音楽を掛ける。

「さて、色々あったがこれで一段落だろうか」

収納からソーセージや唐揚げを取り出す。もちろん、冷えた缶ビールも。

缶ビールをプシュッと開けて一口飲む。

「はぁ、美味《うま》いね」

粒マスタードが載ったソーセージを一口食べる。

「このパリッとした食感がたまらないね。それにマスタードも良い」とビールを飲む。

「合うね」

今度は唐揚げにタルタルソースを掛けてそれを一口。

「うん、これも美味《おい》しい。皮はカリッと鶏肉《とりにく》はジューシーで肉汁が溢《あふ》れる。そして最後にタルタルソースが良い仕事をするね」

ふふふ、とビールを一口。

「ほう」と一息つくと、

「さて、次はどうしようか？　魔法国だろうか？　宇宙にでも？　悩むね」

ビールをぐびっともう一口飲む。

第十章　魔法国ライネリオンへの旅路

数日が経《た》った頃、ナブに魔法国の場所を聞き、次の目標を魔法国ライネリオンに決める。

まずはお世話になった人達《たち》へと挨拶に行き、準備を整える。

準備が終わると首都を出て、この大陸へと来た時に使った飛空艇を出して乗ると上空へと上がり、ナブにナビゲートしてもらいながら魔法国のある大陸へと向かう。

今回は宇宙船での移動はしない。すぐに着いてしまうからね。

急いではいない。ゆっくりと向かう。


フヨフヨと漂うように海の上空を進む。海面がキラキラとしていてとても綺麗《きれい》だ。

昼間はゴロゴロしながらナブに出してもらった資料を読《よ》み耽《ふけ》り、夜は空の星を眺めながら一杯飲む。

ああ、楽しい。

魔導国エリオリアンにいた時も楽しかった。

ロランやドラガンとわちゃわちゃして趣味の話をするのはとてもワクワクした。首都エリオンに本気で永住しようと思ったくらいだ。

でもやはりせっかくこの世界にいるのだから冒険をしなくては損だよね。

移動している間は暇だし、ナブにサポートしてもらいながら簡単な工作をする。

今回は音楽プレイヤーとアンプとスピーカーを製作して艇内に設置したいと思う。

ナブのサポートのもと、材料を加工していく。ふむふむ、なるほどナブの説明は分かりやすい。

特に魔力による回路がなるほどと思う。別に魔法陣を使う必要がないのが新鮮だ。

まるで魔力が電気のように振る舞ってくれる。要は回路と材料なんだね。勉強になる。

少し時間がかかったが完成だ。

音楽プレイヤーにはナブに俺の頭から音楽を抽出してもらって保存済み。

これらを艇内に設置する。ふふふ、設置完了した。

試しに魔導ピアノで奏でた曲を流す。良いね。良い。

ソファーに座り、ゆっくりと音楽を聞きながらコーヒーを飲む。艇内にコーヒーの香りが漂い、緩やかな魔導ピアノの音楽が流れる。

良いね。ロボ系も作るのは楽しいのだが、こういった少し生活を豊かにしてくれるような物を作るのも良いね。

時間が出来れば、今乗っている飛空艇もそうだがソーサリーアーマーも魔法陣から転換しようか。

それも楽しそうだ。


それからの日々はナブに相談して、この世界で再現出来そうな技術をピックアップし、それらの技術を使った物を設計だけしておく。

今思えば、宇宙船に乗ってきた彼らの技術を一度は失ったが、古代書に載っている技術はなんとか復活させようと努力して魔法陣に辿《たど》り着《つ》いたのだろう。

そのまま発展し続けていればここまで辿り着いたのかもしれないが、その文明も滅びて今に至る。

今の文明は遺跡からの前文明遺物により魔法陣をなんとか解析して現在の技術になっていると思われる。

単純に技術や製品を垂れ流しても、その技術の根本が分からなければ発展はしないだろう。

俺は地球の日本で育った経験があり、電化製品を知っているからナブからの説明も分かるが、この世界の人族にはその知識はないからね。

まずはリンドルンガにある天空の島で少しずつ教えていくのが良いのかな。まぁ、それはおいおい考えよう。

それにしても宇宙船の技術が失われたのはなんとなく分かるが、魔法陣文明が滅びたのはなぜだろう。調べる限り、かなり広範囲で古代書が発掘される事から各地で栄えていたはずなのだ。今のところそれが全ての大陸で失われてしまっているように思える。

不自然だ。

何かがあるのだろう。グリフォンに聞くのも良いか？　どうだろう。

まぁ、分からないことをいつまでも考えていてもしょうがないか。

気持ちを切り替えていこう。

そうそう、ナブに指摘されたのだが、俺の性格が時々変わると言われた。何か新しいものに触れて興奮している時と、通常の時の性格が違うと。

ナブの解析によると興奮している時は地球の日本にいた時の性格に近く、通常の時はこの体に引っ張られた幼い性格と地球の日本にいた時の性格が微妙に混ざり、冷めていても幼く感情的であり時に攻撃的になると。

う〜ん、俺自身ではよく分からない。

でもなんとなく喋《しゃべ》り方《かた》が少しおかしいかな、とか感じる時はたまにある。

おかしいのは体もだ。全然成長しない。

まぁ、これも考えても仕方がないね。


魔導国エリオリアン、首都エリオン。

「行ってしまいましたか」

「はい、宰相閣下、寂しいですね」

ロランは肩を落とし、

「本当に彼が居なかったらと思うとゾッとします」宰相も天井を見上げて溜《た》め息《いき》をつく。

「そうですね。彼が居たここ数ヶ月で我々の技術水準もかなり上がりましたし、リザードマンの襲撃も彼が居なかったらどうなっていたかと……」

「他の大陸へ行くと言っていましたが、移動方法は聞いていますか？」

「いいえ、船でとは聞いていますが……」

「そうですか。その辺も彼がまた来た時に聞いてみますか」

「はい、それとなく聞いておきます。ただ、友人としてコウがいない事を残念に思います」とロランは寂しそうに言うと席を立ち、部屋を出る。

　廊下を歩きながら窓の外を見ると、

「コウ、また来いよ」と呟《つぶや》いた。


　数日が経ち、途中ナブのサポートによって何回か方向を細かく修正して進み、目の前に新たな大陸が見えてきた。

「見えてきたね。新たな冒険の始まりだ」

　ナブによると、この沿岸から四つの小国を越えた先の、反対側の沿岸に魔法国はあるそうだ。

　急いでいないので四つの国をゆっくりと抜けていくことにした。

　船を収納して一つ目の国に入る。

　まず目に入るのは海岸近くにある砦《とりで》。その砦の周りに街がある。特に壁で囲われてはいない。

そっと街に入るとそこそこの人口を誇っているようだ。商店などを巡りながら色々と聞いていくと、周辺国は常に戦争をしているようだ。

いわゆる、戦国時代。

そこに魔法国は魔法の杖を売り、戦争を煽《あお》っているのだとか。だからあまり良い国とは思われていないと商店の人が言っていた。

ナブの情報どおり、なりふり構わずに研究費用を稼いでいるのだろうね。

この街でも店先に並ぶのは武具が多い。中古の物もかなりある。

あとは冒険者ギルドや探索者協会がない。代わりに傭兵《ようへい》ギルドがあるようだ。もちろん、商業ギルドはある。

この街にもあったので、この国で使える硬貨に替えた。これで安心だ。

俺はこの国では商人として活動したいと思う。それで聞いたところによると道中はかなり危険なようだ。特に戦闘による敗残兵が野盗となり商人や旅人を襲ってくるとか。

物騒だ。

まぁ、来ても返り討ちだけどね。

ではでは次の街まで街道を進むと、三十分もしないのに野盗に囲まれる。その数二十人。

「おい小僧！　身包《みぐる》み置いていけ！」

と言ってきたので風魔法で全員の首を刈り取った。本当に物騒だ。修羅の国だろうか？

更に二時間ほど進んだ所でも野盗に囲まれる。治安が悪過ぎる。もちろん、全員風魔法で刈り取った。容赦はしない。

また、二時間ほど進むと野盗に囲まれる。もううんざりだね。すぐに刈り取った。

この日はなんとか次の街に辿り着いたが、ここまで野盗に囲まれた回数は六回。多過ぎだよ。

街で色々と聞いたところ、商人は自分で武装する武装商人となるか、傭兵を護衛に雇うかするそうだ。

なるほど、一人で移動する俺がカモに見えるんだね。納得。

この日は適当な宿で一泊する。


翌日は朝から移動。もちろん、一時間もしないうちに野盗に囲まれた。ハハハ、ゲンナリだ。すぐに風魔法で刈り取る。

この国はそれなりに大きく、戦力もあることから今のところ他国に攻められることはないようだ。しかし、他国での戦争で負けた者が流れてきて野盗になっているようだね。

この国は、国と言うより領と呼んでいるようだ。ちなみにこの領はミルナス領だとか。

各街には最低でも小さな砦があり、防衛戦が行えるようになっている。

今進んでいる街道は有名な街道らしく、魔法国まで続いている。

この調子で野盗に絡まれ続けることを考えると、飛行して直接魔法国に行くのが正解だったかもしれない。

おっ？　後ろから騎馬集団が駆けくるので、脇に避《よ》ける。

だが、騎馬集団が俺の前で止まった。なんだろうか？

「其《そ》の方《ほう》は一人か？」と一番身なりが良い男が声を掛けてくる。

「はい、一人です」

「野盗が次々に討伐されていると聞いた。何か知っているか？」

「いいえ、まだ野盗に会っていません」

「ふむ、では先に討伐しながら進む輩《やから》がいるのか？　足を止めさせて悪かった」

騎馬集団は去っていく。

何か厄介だね。認識阻害と光学迷彩を掛けて進もう。それなら野盗に絡まれないし。


そんな感じで街道を進むこと数日で次の領に入った。

そして関所でお金をかなり取られた。

これでは商業は発展しないよね。野盗はどうやって関所を越えているのだろうか。

う～ん？　街道を歩くがこの領には野盗がいないようだね。領主がちゃんと討伐しているのだろう。ああ、だからミルナス領に野盗が集まっているんだね。

大きな砦がある街に着いた。かなり賑《にぎ》わっている。治安が良いのが関係しているのだろう。

ミルナス領の街だと活気はあってもどこか殺伐としていたが、ここでは住民の表情が柔らかだ。

色々と聞いて回ると、この領の名前はウルド領。

領主は評判が良いようだ。あまり領土拡張の野心は無く、自領を富ます事を念頭に領の運営をしているとか。

好感が持てるね。

だがそれを良しとしない一派がいて、領主の弟を担いで領主交代を画策していると噂《うわさ》になっている。どこにでも欲深い人間はいるのだろう。


数日で次の領に入る。

事前に仕入れた情報ではこの領は小国のようだった。名前はマルノス領。

四方を大きな国に囲まれてなんとか領を維持しているようだ。

だが評判は良い。

お人好《ひとよ》しな領主らしく領民と農作業をしたりとしているとか。家臣の方が大変そうだね。

しばらく街道を進むと町が見えてきた。町を囲むように農耕地が広がっている。

町に砦はあるが小規模だ。

さてどんな町なのだろうか？

マルノス領で初めての町に入るが、町というよりは村に近い。砦も小規模だ。

商店の類いも必要最低限で宿も一つしかない。

宿を取り、村の中を散策する。村に一つきりの食堂兼酒場で昼食を取る。

そこで情報収集すると、この村の名前はウルボ。

マルノス領は地図上で魔法国を上に見て左の大領であるナルガト領に従属しており、それにより今は他領から攻められていないのだとか。

なので最小限の砦と拠点しかなく、それでも魔法国を上にして右の領への対策として中規模な砦が築かれている。他三方の領とは友好関係を築いていることから、この村の砦も小規模なのだとか。

翌日は朝早くから街道を進む。

夕方前には領都であるシグナに着いた。

大きくはないが栄えてはいるね。大規模な農地に囲まれたシグナは農業で発展しているようだ。

牛や放牧されている馬も見えることから畜産業も盛んなのだろう。

ゆったりとした時間が流れていて好感が持てる。

農耕地を観察するように歩いていると、体のデカイ男に声を掛けられた。

「坊主、この領に何か用か？」

「この辺は初めてで興味深く見ていました。魔法国へ行く途中です」

「そうか、と言ってもここらには何もないがな。魔法国へ行くということは魔法師か？」

「そうですね。魔法師でもありますが基本は商人です」

「ほう、ということは農作物にも興味があると？」

「そうですね。あります」

「申し遅れたが、私はこの領に仕えているエイダイ・ナルカミという」

「私は商人で魔法師のコウです」と握手を交わす。

「コウ殿、宿はもう取ったのか？」

「いえ、これからです」

「ではどうだろうか、我が家に逗留《とうりゅう》されては」

「良いのですか？」

「良い良い、これも何かの縁だ」

エイダイに連れられて町に行くと、大きな屋敷に入る。

「若様！　また農作業ですか！　殿が探していましたよ」

女中さんと思しき女性がしかめ面で声を掛けてくる。

「そうか、ちょうど良い。親父《おやじ》殿は執務室か？」

「はい、殿は執務室です」

「そうかそうか。コウ殿ついてきてくだされ」

どんどんと屋敷の奥へ歩いていく。

「親父殿。話がある」

ノックもせずに部屋へと入っていく。

どうしようか迷っていると、

「コウ殿、中に入ってきてくれ」

とエイダイの声がするので中に入る。

「親父殿、この御仁はコウ殿だ。先ほど出会った。商人で魔法師で魔法国を目指している」

「エイダイ、こちらからも話があるが、まぁ後にしよう。ふむ、コウ殿と言ったか。私はこの領に代々仕えるナルカミ家の当主でラクノ・ナルカミじゃ。よしなに頼む」

「私は商人で魔法師のコウです」

「ふむ、コウ殿はどこから来なさった。着ている物からではどこの出身か分からぬ」

「私は他の大陸から来ました」

「!!　他の大陸とな」

「はい、既にいくつかの大陸を旅しています。他の大陸で魔法国の魔法の杖を見る機会がありまして、魔法国を目指しているところです」
「ほう、既にいくつかの大陸へと渡っているとな」
「親父殿、それでコウ殿を逗留させたいのだが」
「ふむ、良いぞ。他の大陸の話も聞きたいしの」
ということでナルカミ家に逗留することが決まった。

この大陸の文化は何か和洋折衷というか色々と混ざっている。ワグの国のように完全に和でもないし洋風でもない。不思議な感じだ。

エイダイが腰に佩《は》いている剣は反っていて片刃だが刀より幅広だ。

建物は基本的に木の家が多いが、石や煉瓦《れんが》で造られた建物もある。

石や煉瓦で造られている建物はよく見ると軍事施設が多い。他は基本的に木の家だ。

領都シグナの中央には中程度の砦があり、ここに領主がいるようだ。この砦を囲むように町が形成されてその周りを農耕地や牧草地が囲む。

砦は中程度の大きさだが農耕地や牧草地は広大だ。

それから数日はエイダイと一緒に行動して農作業や町の視察などをした。

色々と分かった事は魔法師は貴重だということ。特に優秀な魔法師は魔法国へと行ってしまうために戦力としての魔法師は少なく、魔法国の杖無しではあまり戦力にならないのだとか。

特にこの小さな領にいるような魔法師は、魔法国へ行ったものの挫折して流れて来た者が殆《ほとん》どで、あまり質は高くないとか。

一度、訓練を見させてもらったがやはり根本的な技術が足りていない。

ここでも属性魔法と無属性魔法については分かっていないのだろうか？　でも魔法の杖を解析するとそこら辺を理解していないとあの構造にはならないのだが。

どこかが情報を独占しているのだろうね。

ここにいる魔法師やエイダイに魔法を教えてみるのも面白いかもしれない。

ふふふ、魔法国の反応が見物だね。

やってみるか。

エイダイに魔法を伝授する。エイダイも初めは半信半疑といったところであったが、無属性魔法の結界から自身に土属性の適性があると判明し、それが使えるようになってからは積極的に修練に励むようになり、数週間である程度の魔法が使えるようになる。

特に結界と身体強化はものになっており、自身の身体能力や武技によりかなりのレベルアップを図ることに成功する。

それを踏まえて魔法師達に教えを伝授しようとしたところ、魔法師達のプライドが高くて教えを受け入れてもらえず、まずは一般の兵士達に魔法を伝授することとなった。

一般の兵士達は従順でエイダイが決めた事を真面目にこなすため、教えを守り、習熟することによって魔法が使える者が数十人誕生した。

元が農家の出が多かったせいか、使える属性は土が多く、次いで水と風が続き火が使えるのは稀《まれ》であった。

そういった訓練を続けていると魔法師達にも変化があった。

一般の兵士達が使える魔法は属性こそ少ないにしても、魔法師達よりも上手《うま》く使えるとなると魔法師達は慌てた。それはそうであろう。たった数週間で自分達よりも魔法が使えるようになったのだから。

それからは魔法師達もプライドを捨てて教わることにより、数週間でレベルアップをすることに成功する。

「コウ殿、今回の件は誠に感謝する」

エイダイは俺の持つカップに酒を注ぐ。

「いえいえ、当たり前のことを当たり前に教えただけですよ」

俺は酒を呷《あお》る。二人はお互い笑いながらああでも無いこうでも無いと語らいながら過ごす。

良い話し相手となるエイダイには好意を持って接した。

心地よいのですよね。酒を一口のみ、隣で笑うエイダイを見る。


一ヶ月ほど魔法指導を続けると殆どの者が習熟し始めて、俺の手を離れていった。もうそろそろ魔法国に向かおうかなと思っている時に事は起きる。

何やらナルカミ家の中が慌ただしい。どういう事かと聞いてみると、従属している隣領から討伐軍を編成するべく従軍を要請されたと。そのための準備や情報収集で忙しいらしい。エイダイやラクノも皆に行っていて、ここにはいない。

エイダイ達が帰ってきた。詳しい話を聞くとナルカミ家は今回留守番になるとか。エイダイの兄であるマイドニが責任者となって砦に詰める。エイダイとラクノはそのサポートとなる。

「コウ殿、少し良いか」とエイダイが部屋を訪ねてくる。

「良いですよ」とエイダイを招き入れる。少しの雑談の後、

「それでなコウ殿、お願いがあるのだが」と言いづらそうに話をする。

「なんでしょうか？」

「今回の従軍では領主様も出征なさることとなった。此度《こたび》は我が家は留守を預かることとなったが、魔法師と魔法が使える兵士は従軍させることとなった。それでコウ殿、其方《そなた》にそれを率いてもらいたいのだ」

　エイダイは目を真《ま》っ直《す》ぐ見つめてくる。それを聞いた俺は少し考えて、

「良いですよ」と答える。

　色々と補足の話を聞くと領主に世継ぎはいるがまだ幼く三歳で、今領主が亡くなると大変なことになる。それで虎の子の魔法師達と魔法が使える兵士達を出してでも守りたいということらしい。

従軍理由も請われたと言うのもあるが、主力はあくまで隣領でマルノスの軍は予備だという。

まぁ、領主様の箔《はく》付きだね。

他の三方の領とも友好関係を築けていることから問題がないというのもある。

それなら安心して行けるね。他の大陸の戦闘というのも興味があるし楽しみだ。

　それからは魔法師達と魔法が使える兵士、魔法兵士達の連携訓練と物資の調達などを行い、数日が過ぎた。

まずは、領主率いる主力軍千が先行。続いて食料や予備の武具を積んだ荷馬車が続く。そして我々、ナルカミ軍二百が最後尾につける。

良い天気で全ての兵士達と魔法師達が馬車に揺られて隣領へと入っていく。

何かゆったりとしている。

伝令が来て既に領主様は隣領の軍と合流して戦地へと移動を開始したと言われた。

まぁ、俺達は予備の予備だからゆっくり行こう。

途中野営をして戦地へと向かう。しかし……。

《マスター》

「どうしたナブ」

《右領が攻め込んできました》

「!! どんな状況だ？」

《現在は領境の砦を囲んでいます》

「敵の数は？」

《千五百です》

「まずいな」とは思うが、どうやってその情報を得たのか説明出来ないので、誰にも相談出来ない。

出来ることは行軍を遅らせる事。

色々と理由を付けては行軍を遅らせる。すると半日経つと伝令の使者が来た。

マルノス領が攻められている。

これを聞いて先行している領主に伝令を走らせて我々は戻る。

馬に無理をさせて駆ける。
あと少しでマルノス領というところで、ナブからの連絡が入る。
《マスター、敵軍は領境の砦に五百を残し領都へと進軍しました》
急がなければならない。

「親父殿、敵が五百を砦の包囲に残してこちらへ向かって来ています」

エイダイは厳しい顔をしてそう言った。

「エイダイか、マイドニはなんと？」

「兄者は領主様へ伝馬を送ったゆえ、耐えていれば援軍が来ると」

「そうか、ワシらも腹を括《くく》るしかないな」と立ち上がり武具を取り付ける。

「エイダイも準備せい」と言われてエイダイは部屋を後にする。

「シグナにはどれほど残っている？」

「はっ、二百程度と」

「ふむ、予定どおりだな。魔法師達は？」

「それも出ております」

「ははは、まさしく天啓である！　捻《ひね》り潰してくれようぞ」とフナイ領の領主アラバラは吠《ほ》える。

シグナの砦を囲んだフナイの軍は降伏勧告をする。

「シグナ砦に詰める兵よ聞けい！　こちらの軍は千で魔法師もいる！　すぐに投降せよ！」

「卑怯《ひきょう》なフナイの者達よ聞け！　我々は決してお主らには屈さない！　すぐに援軍が来る！　さすればお主らは殲滅《せんめつ》されるであろう！　今のうちに引くがいい！」

エイダイがそう叫ぶと、砦の中から鬨《とき》の声《こえ》が上がる。

「小癪《こしゃく》な！　殲滅してくれるわ！　魔法師、弓隊は砦に打ち掛けい！」

掛け声とともに各種の魔法や矢が砦に降り注ぐ。

砦の損害は軽微。エイダイは弓を引き絞り矢を放つ。それが指揮をする武将の額に突き刺さる。

兄のマイドニは、弟のエイダイが守っている側とは反対側を守備していた。こちら側は守備が堅く敵の攻撃は散発的なものだ。だが離れるわけにはいかない。

ラクノは砦の中で待機。被害の出そうなところに駆けつける算段となっている。

マイドニもエイダイもいない側はそれぞれナルカミ家の副将が指揮を執る。

現在はエイダイのいる側での戦闘が激しい。

二時間ほどの攻防がなされると、フナイ側陣地で変化がある。

兵士に守られた魔法師らしき者が前に出てくる。

その魔法師が詠唱を始める。詠唱が長い。これは上級魔法だと判断し集中的に矢を射掛けるが、敵兵士に拒まれて魔法師までは届かない。

詠唱が終わったのか、魔法師を守っていた兵士が前を開けると、大きな火の玉が砦の門へと放たれる。ゴゥという音とともに門へと着弾。これにより門が半壊する。

魔法を撃った魔法師は魔力が切れたのか、兵士に肩を借りながら下がっていく。

「まずいな。我は門まで降りる！　矢を射掛け続けろ！」

エイダイは叫び、門へと急ぐ。

そこには知らせを聞いたラクノが先に着いていた。

「エイダイか、してやられたの」と渋い顔のラクノ。

「親父殿、来ていたか！　これからだ！　兵よ柵を門の前に出せ！」

兵士と一緒になって用意していた柵を門の前に出す。

エイダイは砦上からの矢の援護を受けながら、迫る敵兵を他の兵士とともに槍《やり》で退けていく。

代わる代わる兵士を休ませながら門の前を死守する。

それが一時間ほど続いたところで一騎の騎馬がフナイ側から駆けてくる。

「我はフナイ家家臣！　ツウダイだ！　ナルカミ家のエイダイ殿とお見受けする！　さぁ！　尋常に勝負！」

馬を降りて近づいてくる。

敵兵士もそれを見て後ろに下がり、門の前がポッカリと空く。

「ツウダイ殿か！　相手に不足無し、お相手しよう！」

エイダイも前に出る。両者とも槍を構える。

エイダイは上から槍を振りおろすも、ツウダイはそれを槍で弾《はじ》く。その反動を利用して横からエイダイを叩《たた》きにいく。それをエイダイは槍で上に流すようにツウダイの一撃を上へと逃す。そのガラ空きとなったツウダイの腹へと槍を捻りながら突き出す。

ツウダイは斜め後ろに槍を避けながら上に上がった槍で斜め上からエイダイを叩く。

エイダイは槍を引き戻してそのまま後ろに下がり槍を躱《かわ》す。ツウダイは打ち下ろした槍をそのまま回転させながら前へと進み、もう一度横からエイダイを叩きにいく。

エイダイは体を回しながら回避すると、そのまま回転しながら槍を伸ばしてツウダイを叩きにいく。これをツウダイは槍を立てて防ぎ、槍を叩かれた勢いで回転して上からエイダイを突く。

エイダイはこれを横に躱してツウダイの胴体を突くが、ツウダイはこれを巻き払って躱す。

二人は一旦距離を開けて槍を構え直す。

「流石《さすが》はツウダイ殿」

「エイダイ殿もな！」

ツウダイが槍を突き出す。これをエイダイは槍で弾いて躱して槍を突くが、ツウダイは槍で弾く。そこでツウダイはすかさずエイダイへと突き返すと、エイダイは何かに躓《つまず》いたようによろける。それをツウダイは隙と見て踏み込んで槍を突き出すが、エイダイは結界を展開してツウダイの突きを防ぐ。結界で防がれて唖然《あぜん》としているツウダイへ、土魔法のストーンバレットを無詠唱で撃ち出す。

これがツウダイの右肩を貫通。エイダイはすかさず槍をツウダイへと突き出して心臓を貫く。

「フナイ家家臣ツウダイ殿！　討ち取ったり！」

エイダイは高らかに叫ぶ。

槍に貫かれたツウダイを見てパニックになったフナイ軍兵士が慣例を破り、一騎討ち後にエイダイを槍で突いた。

エイダイはグフッと血を吐き出して倒れる。

「卑怯な！　一騎討ちの慣例を破りおって！」とラクノは怒り、柵の前へと出るとフナイ兵士へと襲い掛かる。

十人、二十人とフナイ兵を倒したラクノは奥に進み、敵に囲まれる。一本の矢がラクノの膝に突き刺さり膝をつく。そこにフナイ兵が殺到してラクノは果てる事となった。

フナイ軍はこれで士気を上げて門前の柵へと殺到するが、そこに数十もの火魔法を降り注ぎフナイ兵士を蹂躙《じゅうりん》する。

「遅くなりました」とコウがフナイ軍と対峙《たいじ》する。


俺の攻撃により少しの間が出来た。柵の中に入ると兵士に抱えられているエイダイを見つける。

「エイダイ殿！」

近づくと、エイダイは薄《うっす》らと目を開ける。

「コウ殿……来てくださったか……ははは、面目無い。やられてしもうた」と笑うがゴフゥっと血を吐き出す。

「エイダイ殿、しゃべってはいけません」

俺は回復魔法をエイダイにかけて傷を塞ぐ。

「はぁはぁ……ははは……もう助からないな…………コウ殿……コウ殿……もう一度一緒に飲み交わした……かっ……た」とガクッと事切れる。

「エイダイ殿!!」

俺はエイダイの名を呼ぶがエイダイは動かない。顔を上げて兵士に問う。

「ラクノ殿は？」

兵士に聞くと兵士は項垂《うなだ》れながら、

「エイダイ殿がやられた後に激昂《げきこう》して敵に突っ込んでいき……その中で……」

「くっ！　私は敵を殲滅してきます」

俺は門を出る。許さないよ。

珍しく時間をかけて魔力を練る。濃厚に圧縮された魔力が、抑えていた結界を抜けて辺りに漂い出す。

それは空間が歪《ゆが》むような魔力となり、俺の頭上に魔法陣が浮かぶ。

「一匹残らず殲滅します」

魔法陣が三重となったところで緑色に光り、ゴゥッという音とともに不可視の風の刃がフナイ軍全体に向けて万単位で水平に降り注ぐ。

一瞬にして全てのフナイ軍が上下に分かれる。中には足のみ切断された者がいるが殆どの兵士が胴体を上下に分断される。

戦場に静寂が訪れる。

それを成した俺は冷たい目で戦場を見つめる。

砦以外の場所でも変化が訪れる。フナイ領主を含めた主戦場側が全滅したと触れ回り、この情報が行き渡ると、残りのフナイの兵士は一斉にフナイ領へと散り散りに戻っていく。

数時間もすると俺が率いていた兵士と魔法師が到着し、壊された門は応急処置をしてなんとか修復。

伝令により領境の砦からもフナイ軍は撤退したと連絡があった。

これで少し落ち着くことが出来る。


夜になると俺は篝火《かがりび》が焚《た》かれている砦の壁上で星空を見上げていた。

「コウ殿」

俺は振り返る。

「マイドニ殿……」

「今回は助かった。礼を言う」

「いいえ、私は間に合いませんでした」

「そんな事は無い。親父とエイダイは失ったが領を守ることには成功した。親父もエイダイもそれで満足なはずだ」

マイドニは俺から目を離して遠くを見つめる。

俺は奥歯を噛《か》み締《し》めて顔を伏せる。

「それでも、またラクノ殿やエイダイ殿と酒を酌み交わしたかった」

「そうですな。私もそれは残念でしょうがない。子供の顔も見せられなかった」

マイドニが星空を見上げたかと思うと目を瞑《つぶ》り、一筋の涙がこぼれ落ちる。

「はい」

俺が力無く言うと、マイドニは顔を向ける。

「コウ殿、魔法国へはいつ頃出発するのだ？」

「まだ決めていません」

「それではもう少しの間、我々に力を貸してもらえないか？」

「はい、私で良ければ」


それから二日が経った時、領主軍が戻ってきた。

ラクノとエイダイが亡くなったと聞いた領主は嘆き、フナイ領への反攻を誓う。

二人の葬儀を終えると、フナイ領への反攻作戦のための準備がなされる。


数日が経つと軍の編成も終わり、フナイ領へと進軍する。

目の前にはフナイ領の砦が見える。

俺は事前にマイドニと相談して、砦を囲んだ後に一番大きな砦の門へ魔法攻撃をすると領主に伝えて了承を得ていた。

俺はフナイ軍の砦を囲んだ軍の前に出る。砦から矢が降ってくるが全て結界で阻む。

おもむろに門へ右手を向け、火の玉を撃ち出す。ゴウッという音とともに門へと着弾。

バコォォォンと凄《すさ》まじい音がして門が弾ける。

そこから軍を突入させて砦を制圧。殆ど被害を出さずに砦を奪取することに成功する。

それから四つの砦を落としてフナイ領の三分の一を制圧。

フナイ領はマルノス領の三倍の広さがあったため、三分の一を制圧したことによってマルノス領と同等の領地を手に入れたことになる。

フナイの領都に迫るがフナイ側より和睦の申し出があり、マルノス領主はこれを受け入れた。

マルノス領はフナイ領の三分の一を手に入れて、賠償金は取らない事となり最低限の守備兵を残してマルノス領へと帰投する。

俺はこの反攻の成果により、マルノスの名誉住民の栄誉と金銭の褒賞を得た。


俺はラクノとエイダイの墓前で頭《こうべ》を垂れる。

「お世話になりました」と呟き歩き出す。そこにマイドニが声を掛ける。

「コウ殿」

「ああ、マイドニ殿」

「出発ですか」とマイドニは寂しそうに言う。

「用が済んだらまた来ます」と俺は微笑《ほほえ》む。

「そうですか。お待ちしています」

マイドニと俺は握手を交わす。

そして、魔法国へと向けて街道を歩き出す。


魔法国を目指して街道を進む。

マルノス領境を越えるとロルノス領となる……のだが、この領は何もかもが高い。

そして関所が多く、何度もそこで金を取られる。

魔法国に行くためにはどうしても通らねばならないので完全に足元を見てくる。

各町の宿は高いし飯もさほど美味《おい》しくないのに高い。商店に並んでいる物も高い。

この領は早く出よう。


お金を支払っていくつもの関所を通り、なんとか五日目に魔法国の玄関口となる街ルイスに着いた。

もちろん入る時にお金は取られる。商業ギルドのカードを見せても同じだ。見せた方が高いような気がするぐらいだ。

ルイスに入るとローブを着た者が多い。今まで通ってきた領の人達とは違って洋風だ。

建物も殆どが石造り。ドワーフも見かける。

色々と情報収集をすると魔法ギルドがあるらしい。これは行ってみるしかないね。

あちこちで道を聞きながら魔法ギルドに到着する。

街道を歩いてきた魔法師は必ずここのギルドで登録するのだとか。

受付に行く。

「あの～」

「登録かな？」と受付のお姉さんが笑顔で言う。

「はい」

「他のギルドカードはお持ちですか？」

「はい」

商業ギルドのカードを出す。それを受け取ったお姉さんはカードを確認すると目を丸くする。

「コ、コウ様でよろしいですか？」

何か畏れているような感じだな。なぜだ？　商業ランクAだからかな？　まぁ、良いか。

「そうです」

「コウ様は商業ギルドでかなりの実績を上げていらっしゃるようですが、なぜ魔法ギルドに？」

「ん？　単純に今までいた大陸には魔法ギルドが無かったものですから」

「えぇ！　他の大陸からですか？」

「はい、そうです。それが何か？」

「少々お待ちください」

受付のお姉さんが奥に走っていく。

それからしばらくすると初老の男を連れたお姉さんが戻ってくる。

「コウ様、私ではこの案件はこなせないので担当を代わります」

お姉さんが一歩後ろへ下がると、初老の男が挨拶する。

「私はこのギルドを預かるギルドマスター、魔法師アレンです」

「私は商人で魔法師のコウです」

「では別室で」

アレンに別室へと案内される。

別室に入るとソファーに向かい合うように座り、お茶が用意される。

良い香りだ。一口含むと芳香な香りが口の中に広がり、鼻を抜けていく。

「コウさん、他の大陸から来たとは本当ですか？」

「はい、いくつかの大陸を経由しながらですが」

「いくつもの大陸に行ったことがあると？」

「ありますね。そこで魔法国の魔法の杖なるものを見ましてね。それで興味が湧いてやってきたのですよ」とお茶を啜《すす》りながら答える。

「そ、そうですか。それで商業ギルドランクAのコウさんがなぜに魔法ギルドに？」

「う〜ん、興味本意と言いますか、この国の魔法技術がどの程度なのかと思いましてね」

「我々の魔法技術は世界最高峰と思っています。それを見に？」

「というか本当に最高峰なのかとね」とカップを机に置く。

「それは間違いありませんよ」

「ではギルドに登録しても問題ないと？」

「そうですね、問題はありません。ですが誰でもギルドに登録出来るわけではありません。実技の試験を受けてもらい、それ相応の魔法力があると証明された時のみです」

「分かりました。それで構いません」


アレンの先導で演習場に着く。

「ここは我が国の魔導技術で耐魔法の結界が展開されています。強力な魔法でも安全に魔法が行使出来ます。ではコウさん、あの的に向かって魔法を放ってください」

アレンは七十ｍ離れた的を指さす。

「分かりました」

俺は気軽に鼻歌を歌いながら頭上に火の玉を数十展開する。

「ちょ、コウさん！」

アレンが止めに入るが、数十の火の玉が放たれて的へと着弾。

ゴワァーンと爆発音が鳴り、的が消し飛ぶ。

的は消し飛ばしたが勢いは衰えずに結界に接触。これも消し飛ばす。

結界を抜けた火の玉は俺の意思により解除された。

魔法着弾の音を聞いた職員が何人も演習場に入ってきて、的が消し飛び結界が弾け飛んだ様子を見て唖然とする。

「コ、コウさん。これは」

アレンも絶句する。

俺は、何か？　と小首を傾《かし》げる。

「コウさん、詠唱は」

「そんなものは飾りです」

「は？」

「飾りです。詠唱なぞいりません。それが常識です」

「は？」

「常識です」と俺は笑顔で答える。


アレンとともに応接室に入る。

「何というか……コウさんの魔法はどういうものなのでしょうか？」

「ん？　特に珍しいものではないと思いますが」

「いえいえ、無詠唱でしかも多重展開ですよ！」

アレンは泡を飛ばしながら言う。

「たしかに多重展開は難しいとは思いますが、無詠唱は当たり前では？」

「そんな事は無いですよ。無詠唱などこの国で出来る者はいませんよ！」

「そうなんですか？　私の居た大陸では徐々に無詠唱が普及しつつありますが」

「そ、そんな馬鹿な！」

アレンは頭を抱える。

「そもそも、なんで詠唱が必要なんですか？」

「そ、それは詠唱により魔法が魔力により励起されると教えられています」

「ふふふ、では実験しましょうかアレンさん」

「何をでしょうか？」

「ではこうやって火を掌《てのひら》の上に出します」

俺は簡単に小さな火を掌の上に浮かべる。

「な、な」

「アレンさん、火魔法は使えますか？　使えるなら同じように火をイメージして掌に火を出してみましょう」

アレンは恐る恐る掌を上に向けると何か掌の上を睨《にら》む。するとボッと火が現れる。

「!!」アレンは慌てると火が消える。

「ふふふ、出来たじゃないですか。魔法はイメージですよ。属性魔法はその属性にするだけで、飛んだりはしません。無属性魔法で属性魔法を加工して飛ばします」

「…………そ、そんな。属性魔法を無属性魔法で飛ばしているですと……」

アレンはまだ自分の掌を見つめている。

「でもおかしいですね」

俺がそう言うとアレンは顔を上げる。

「何がですか？」

「う～ん。この国で作られている魔法の杖ですよ」

俺は腕を組み難しい顔をする。

「魔法杖の何がですか？」

「ああ、実は杖を分解して中を調べた事があるのですが、それを知らないと作れない構造なんですよね」

「こ、コウさん！　あの杖の中を見て分かるのですか？」

「多少は」

「実は我々はあれの中身を見ても何も分からないのですよ」

「？　あれは魔法ギルドで扱っているのでは？」

「はい、扱ってはいますが、製造しているのは国です」

アレンは苦い顔をして言う。

「ではその魔法も国が秘匿している可能性が高いですね」

「たしかにコウさんの話を聞くとそうとしか考えられません」

「では国の魔法師と魔法ギルドの魔法師との間に差が？」

「はい、かなりあります」

「そうですか。ではどうにか国の魔法師と話したいですね」

「それは多分無理ですね」

「どうしてですか？」

「根本的に国家のお抱え魔法師は私達庶民とは隔離されています」

「なるほど」

「それに国と接触するのも厳しいです。基本的に国のトップも魔法師で全ての役職も魔法師が占めています。そして、それぞれが研究と称して引きこもっています」

まさかの引きこもりだとは。

「そうですか。でも私は僅かな可能性に懸けて領都までは行ってみようと思います」

「分かりました。ではコウさん、私の権限で魔法ギルドC級での登録をします。これであれば関所も街もお金を払わずに通れます」

「それはありがたいです。ここに来るまでにかなりお金を取られました。商業ギルドのカードは見せたのですが」

「商業ギルドのカードですか？　それだと逆にお金を多く取られますし、場合によっては関所が通れない可能性がありますよ」

「そうなんですか？　どうして？」

「ははは、実は商人とこの国はあまり良い関係ではないのですよ。詳しくは分かりませんが国と揉《も》めたようです」

「はぁ、それでですか。たしかに他の通行者よりも多く取られたように思います」

しばらくすると魔法ギルドのカードが用意され、魔法ギルドを後にする。

カードが出来るまでに無詠唱を会得するためにはどういった訓練をすればいいかとか色々と話をした。アレンはウキウキでまた必ず来てくれとギルド出入り口まで送ってくれた。

どうやら国が魔法技術を秘匿して色々と研究しているようだね。その研究の資金を得るために魔法の杖などを売って資金にしているのだろう。

何となく分かってきたね。

領都に向かおうか。

第十一章　魔法国領都ライバーン

魔法国内も関所は多かったが、魔法ギルドカードによりお金も払わずに通る事が出来た。

目の前には領都が見える。魔法国ライネリオン領都ライバーン。

大きいね。

街の中に入った。なかなか大きな都市だ。

ローブを着て杖を持った者が多いね。

アレンから事前に聞いていた情報だと、今入ってきた門を起点にして下とすると、上部が国管轄の敷地となる。その範囲は都市の四分の一を占める。そこに魔法師達《たち》が引きこもっているという。

まずはアレンから預かっている紹介状を持って魔法師ギルドに行く。

魔法師ギルドの中に入り、魔法ギルドカードとアレンからの紹介状を受付嬢に渡す。

「少々お待ちください」

受付嬢が奥へと入っていく。しばらくすると、

「アレンからの紹介状を持ってきたのは貴方《あなた》ですか？」と魔法師にしてはガタイの良い男が受付嬢を伴い聞いてくる。

「はい、商人で魔法師のコウです」

「ふむ、紹介状は読ませていただきましたが、俄《にわ》かには信じ難い。出来ればすぐに演習場で魔法を見せてもらえないでしょうか？」

「良いですよ」と答え、男を先頭に演習場へと移動する。


「名前はコウさんでしたか、ではあそこの的に適当な魔法を撃ってください」と後ろに下がる。

「では」

俺は一歩前に出て右手を前に出し、魔力を練ると五つの火の玉を浮かべて的に向けて放つ。

ゴウッという音とともに火の玉が飛翔《ひしょう》して的に着弾。

バガァーンと的を弾《はじ》き飛《と》ばす。

それを見た魔法ギルドの男は口を開けて惚《ほう》けている。

「これで良いですか？」と振り返り、男に問いかける。

「え、ええ、問題ないです。では応接室で少し話をしたいのですがよろしいですか？」と男は頭を振り答える。

「大丈夫です」


男の先導により応接室へと入り、ソファーに座る。

「そういえば名乗っておりませんでしたね。私は領都魔法ギルドのギルドマスターであり、この国ライネリオン内の魔法ギルドを統括するグランドギルドマスターの魔法師ルークです」

「はい、繰り返しになりますが商人で魔法師のコウです」

「アレンからの紹介状には書いてありましたが、俄かには信じられませんでした。ですが、目の前で見させられては……コウさんとお呼びしてよろしいでしょうか」

「はい、構いません」

「もし可能ならば、コウさんの魔法を教えてはいただけませんか？　もちろん、報酬は出します」

う～ん、どうしようかね。無詠唱魔法をギルドに教えれば、そのうち国から何らかのアクションがあるかもね。では受けようか。

「分かりました。お受けしましょう」

「そうですか！　受けてくださいますか！　宿はもう決めましたか？」

「いいえ、まだです」

「では宿もこちらで用意しましょう。それとギルドカードを出してください。教師役がＣ級というわけにもいきません。特例ですがＡ級とさせてもらいます」

ギルドカードを渡すとルークは一度部屋を出るがすぐに戻ってくる。カードが出来るまで魔法の事を話していると、女性が入ってきてギルドマスターにカードを渡す。

「コウさん、これが新しいギルドカードです」

少し豪華になったカードを渡される。

確認するとたしかにＡと書いてある。これで良いのかとは思うが、くれるというので貰《もら》っておく。

その部屋でルークとは別れて女性の先導で再び受付に行く。そこでギルドが用意した宿の場所を聞き、宿に渡す書面を渡されて宿へと向かう。


空を見上げると青空が広がる。良い天気だ。

街中を歩くととても活気がある。

この商店では新鮮な魚介類が置いてあるね。たしか近くに港町があるとか言ってたよね。時間がある時に行ってみようか。

しばらく歩くとギルドで教えてもらった宿の前に着く。俺は思わず宿を見上げる。

「これはギルドも奮発したね」

五階建ての豪奢《ごうしゃ》な宿。とても一般の者が泊まる宿ではない。

中に入り受付へと向かう。中も豪華だね。スタッフも背筋をピシッと伸ばしキリキリと動いている。

うん、良い宿だ。

「いらっしゃいませ。お客様」と言われたのでギルドから貰った書面を渡すと、

「伺っております。ではこちらにお名前の記入をお願いします」と言われて記入をする。

それが終わると、スタッフが現れて部屋へと案内してくれる。

部屋は四階だ。それも広い部屋だった。スタッフから部屋の使い方や宿の説明を聞く。うん、設

備も充実している。部屋にはトイレ（水洗）、シャワーが付いている。何箇所かボタンのようなものがあり、それを押すとスタッフが来るという。五階にはレストランとバーがあるのだとか。これは行くしかないね。

そういえば魔法を教えるという事だったが、どういう予定になるのだろうか？　聞いていないね。

まぁ、そのうち連絡がくるのだろうか。と考えてベッドに寝転ぶ。

……目を瞑《つぶ》ると、どうしてもエイダイとラクノの事を思い出してしまう。

もう少し早く着く事が出来なかったのかと。

考えても仕方がないとはいえ、どうしても考えてしまう。

あの時は俺も冷静ではなかった。どうして生命の実を使わなかったのかとか考えてしまう。多分、あの調子ではエイダイも生命の実を食することが出来なかったとは思うが、グルグルと考えてしまう。

考えてみると親しかった者を失ったのは初めての経験だった。

苦しいね。とても苦しい。

俺が出来る事なんてたかが知れている。

でも俺の手が届く範囲では親しい者を守りたい。失いたくない。

今度親しい者に何かありそうな時は自重しない。宇宙船でも何でも使う。

もう、こんな苦しい思いをするのは嫌だ。

それから数日が経《た》つと魔法ギルドから呼び出しがあった。

魔法講義の日程を話し合い、週に三回講義を行うこととなった。

最初の講義に参加するのは秘密裏に選ばれた五人の魔法師達。まだ素性は明かしてもらえていないがそれなりの実力を持つ魔法師だと説明された。


講義の日になり、魔法ギルドへと向かう。今日も良い天気だ。

魔法ギルドに着くと会議室に案内される。

そこには既に五人の魔法師達が椅子に座って待機していた。

俺が会議室に入るとすぐにルークが入ってくる。

「諸君、既に揃《そろ》っているようだな」と座っている五人と俺を見る。

「ではコウさん、こちらへ」

呼ばれたのでルークの横に並ぶ。

「こちらのコウさんが、魔法の講師となって諸君らに新たな魔法を伝授する」

「おいおい、待ってくれ。その小僧が講師だと？　ふざけるのもいい加減にしてほしい」

一番右に座る三十代くらいのイカツイ魔法師が声を上げる。

それを見たルークはニヤリとする。

「ほう、文句があると？」

「ああ、どう見ても十代前半の小僧だ。そんな小僧が我々に教えることなど出来るはずがない」

男がそう言うと、他の四人も頷《うなず》く。

「百聞は一見にしかずとも言う。では演習場でコウさんの実力を見てもらおうか」

ルークを先頭に一同は演習場へと移動する。

「ではコウさん」

ルークに言われて前に出ると、右手を的に向けて翳《かざ》し魔法を放つ。

数十の火の玉が浮かび、それが一斉に的へと着弾。

それを見た五人の魔法師達は口をアングリと開けてもう無くなった的を見ている。

「これでコウさんの実力は分かったかな？」

ルークが魔法師達に言うと、全員コクコクと頷く。


会議室に戻るとルークは俺に任せると言って部屋を出ていった。

それからは魔法師達が俺を質問攻めにするので、切りの良いところで実践をしてみる。

右手の掌《てのひら》に炎を出す。それを見た魔法師達はホウッと声を上げる。

無詠唱のやり方を見せ、好きな属性魔法でやってみるように言うと、魔法師達は唸《うな》りながら得意の属性魔法を掌に出すように考えている。

初めに成功したのは、俺が炎を出したからなのか、火属性の得意な二人が火を無詠唱で出すことに成功。

まだ出来ない三人には、それぞれ得意な属性魔法を聞いて俺が無詠唱で属性魔法を見せる。

早かったのは水。俺は水道の蛇口から水が出るように出したが、これを見た水魔法が得意な二人が二十分程度で成功。

更に最後の魔法師は土魔法が得意だということで土を掌に出してみせた。これを見た最後の魔法師も三十分で土を出すことに成功する。

それからは魔法はイメージという事を刷り込んで、属性魔法は無属性魔法により加工されるということを前提として講義を進める。

練習方法として無属性魔法の結界を使う練習方法の後は、他の属性魔法も使えるかもしれないからと魔法師達に挑戦させると、やはりいくつかの属性魔法に目覚めた。

それから順調に講義は進み、属性魔法、無属性魔法の使い方や応用といった事にまで及び、一ヶ月と短い期間ではあったがある程度身に付いたということで、第一期の魔法講義は終了となった。

それから半年の間、講義を続けて続々と無詠唱が使える魔法師が増えていった。

そんなある日……。

国の魔法師と思われる者からの接触があった。その男は豪華なローブを身に纏《まと》いフードを目深に被《かぶ》って、これも豪華な魔法の杖を右手に持っている。その男が俺の行く手を遮った。

「お前がコウという魔法師か？」

「あなたは？」

「そんな事はどうでも良い。俺について来い」

「断ります」

「はぁ？　何を言っている。俺に逆らうのか？　痛い目を見たいのか？」

「お断りします」

男は道の真ん中で人の往来があるというのに魔法の詠唱を始める。

それを見た俺はその男を結界で包む。そして男は、「死ね」と言って魔法を発動させるが結界内で暴発。その男はボロボロになる。

それを見ていた民衆は喝采を送る。そこに男の配下と思われる者が数人現れて、気を失ってボロボロとなった男を連れていく。

その際、その者らに睨《にら》まれたが……。まぁ、自業自得だね。

ふふふ、面白くなってきた。また来るよね。楽しみだ。


そのまま魔法ギルドに行って、今回起きた事をギルドマスターに伝えると、ニヤリとして「存分にやってくれ」とお墨付きを貰えた。ギルドも何か国に対して思う事があるようだね。

この日の講義を終わらせると少し商店を見て回り、必要な物を買うと宿へと戻る。

すると宿の前に豪奢な馬車が停《と》まっている。

宿に入ると宿の支配人がこちらへと来る。

「コウ様、お客様がいらっしゃっています」

ロビー横にある喫茶コーナーを見る。

そこには場違いに感じるほど豪華ではあるが趣味の悪いローブを着た男が、数人の簡素なローブを着た男達を従えてお茶を飲んでいる。

こちらに気が付いたのか背後に控えるローブの男が一人、こちらへと来る。

「あなたが魔法ギルドで講義をしている魔法師かな？」

「そうですが何か？」

「国家魔法師である魔法師ギルス様が貴様に用がある。来てもらおうか」

「断ります」

「貴様！　失礼だぞ！」

「朝来た男もそちらの手の者でしょう。往来で魔法を行使したのですよ。どちらが失礼なのでしょうか？」

「たしかに朝の者もこちらの配下の者だが、そんな事は関係ない。さっさと来い！」

「断ります」と言うと男は詠唱を始めるがすぐに結界で覆う。

　懲りてないね。

　そして結界内で暴発して男はボロボロになり、ゾロゾロと趣味悪魔法師を先頭にこちらへと来る。

「其《そ》の方《ほう》、今何をしたか分かるか？」

　趣味悪魔法師が言ってくるので、俺はニコリと笑う。

「結界を張っただけですよ？」

「ほほう、結界を張っただけとな。それが失礼であると言っておるのだ」

　趣味悪魔法師がふんぞり返る。

「何が失礼なのか分かりませんが、街中で魔法を行使しようとする貴方達こそ失礼なのでは？」

「ふん、何も知らぬ小僧が。よい、この小僧を連れていけ」

　趣味悪魔法師が命令するも、他の魔法師達は結界で覆われていて動く事が出来ない。

「何をグズグズしている早くしろ！」

趣味悪魔法師が叫ぶが、もちろん他の魔法師達は動けない。

「もういい！　ワシがこの者を連れていく」

そう言って動こうとするが同様に結界に阻まれて動けない。俺はニヤニヤしながらそれを見る。

そこに宿の支配人が来る。ああ、ここに放置したら迷惑だよね。という事で結界ごと外に出しておく。何やら喚《わめ》いているが関係ない。見せ物になってもらおう。


部屋に戻って二時間が経過したところで部屋の扉がノックされる。

扉を開けるとそこにはこれまた豪奢なローブを着た男が二名。

「貴方がコウさんかな？」と四十代と思われる男が聞いてくる。

「そうですが貴方は？」

う〜ん、この人達は自分から名前を名乗るという事が出来ないようだね。

社会人としてどうなのだろうか。

「これは失礼した。私は国の魔法師の一人である魔法師ランス・ベルナーです」

するともう一人の男も挨拶した。

「私はベルナー家次男のアルスター・ベルナーです」

「それで何の用ですか？」

「それなんだが外で結界にて捕まっている者らを助けてほしいのだが」

「お断りします」

「貴様！　下手に出て入れば図に乗りおって！」と次男君が吠《ほ》える。

「アルスター！　やめんか！」とお父様の一喝。

「どうもこの国の魔法師は程度が低いのですね。それでいて能力も無い。あの程度の結界なら何とかなるでしょうに」

「き、貴様！」

次男君、またもや叫んで俺の胸ぐらを摑《つか》もうとするが結界に阻まれる。

お～痛そう、突き指だね。

「本当に詠唱がないとは……」

「もしこれ以上の干渉をされるならば、戦闘行為と見做《みな》して国が管理している地域を破壊しますよ」

そう言って魔力を抑えている結界を解除する。

辺りには濃厚で空間を歪《ゆが》めかねないほどの魔力が漂う。

「くっ！」

お父様は膝を突き、次男君は尻餅をついて後ずさる。俺は体表に結界を張り直して魔力を抑える。

おお、次男君震えているね。どういう相手に喧嘩《けんか》を売ったかやっと分かったかな？

「また来ます」とお父様は離れていく。もちろん、次男君もね。

「父上、いいのですか？」

「あれは我らでは無理だ。叔父上に出張ってもらわねばな。それでも駄目かもしれんが……」

「そ、それほどですか？」

「ああ、あれは本当に街を消し飛ばせる魔法を使えるのだろう。それにあれほどの濃密な魔力だ。あれほどの魔力保有量を持つ者など私は知らん」

ランスがそう言うと、次男のアルスターはごくりと唾を飲み込む。

「例えるならば、伝説のグリフォンやエンシェントドラゴンに匹敵すると思えるほどだ」

ランスは宿を振り返る。

「国にはあの者に手を出してはいけないと報告する」

「国は納得しますでしょうか？」

「しないだろうな」

「ではどうすれば」と次男は苦い顔をする。

「最近の国はどうかしているとしか思えん。これは神が与えてくれた国が転換する良い機会になるのかもしれん」と言いながら宿の方を振り返って目を細めた。


数日が経つと、国の使いと名乗る者が俺のもとを訪ねてくる。ローブを着た魔法師達が二十人。

もちろん、誘いはお断りする。またもや二十人の魔法師達は魔法を詠唱しようとするが全員結界に捕らわれて自滅する。当然、外で見世物となる。

俺は溜《た》め息《いき》をつく。こいつらは成長しないなぁと。

また数日が経つと、上級魔法師を名乗る者が俺のもとを訪ねてくる。

「私は国指定上級魔法師のイル・ランディと申す」と頭を下げてきた。

「それで何用でしょうか？」

「今まであったことは水に流すゆえ、どうかギルドの連中に魔法を教えないでほしい」

「今まであったことを水に流す？　本気で言っていますか？」

「ああもちろんだとも、今までの事は国としては無かったことにして、コウ殿の行為を一切罪には問わぬ」

「話になりませんね。襲ってきたのはそちらですよ」

「うん？　聞いていた話と違うが……どういう事ですかな」

という事で今までの経緯を話す。

「本当ですか？」

「本当ですよ。ここの支配人にも聞いてください。迷惑しているのはこちらです」

イルは腕を組み、少しの間考え込む。

「分かりました。帰りに支配人にも聴取をしましょう。今回はここまでとして私に話を預けてほしい」と部屋を出ていく。

これでどうにかなるような者達ではないんだろうね。

それでも何かを仕掛けて来るなら返り討ちする。

第十二章　サイ

数日が経《た》つと、国指定上級魔法師のイル・ランディがまたまた俺がいる宿を訪ねてくる。

その後ろにはローブを着た一人の若い魔法師の同行者がいる。

「コウ殿、少しよろしいか？」

「いいですが、今日は何か？」

「ああ、申し上げ難《にく》いのだが、後ろにいる若者が是非コウ殿に会いたいと申されてな」

イルは苦い顔をしながらチラッと後ろを見る。すると後ろの若い魔法師が頭を下げる。

何か厄介ごとの予感だね。

部屋へと招き入れ、設置してあるソファーに座る。

「お茶などは用意出来ませんが」と二人を対面に座らせる。

「そ、それでなんだがこの者がどうしてもコウ殿から無詠唱魔法を習いたいと言い出しましてな」

イルが横に座る若者を見る。

「私はサイディラン・ウル……いや、サイと呼んでくれ」

う〜ん、これ絶対に国のお偉い人の子息かなんかだよな……。

「では私の事はコウと呼んでください」

「それでなんだがどうだろうか？　このサイディ……サイに無詠唱魔法を教えてはもらえないか？　もちろん、報酬は出す」

「現在、私は魔法ギルドの魔法講師をしていますからお断りを……」

「では私がコウの助手をする。それで余った時間で教えてくれ」

とサイが言う。イルは頭を振り、溜《た》め息《いき》をついた。

「コウ殿、サ、サイもこう言っているのでどうだろうか？」

「分かりました。いつからでしょうか？」

肩を落としながら俺がそう言うと、何かサイの目がキラキラしている。

「今日からで構わん」

ハァ～とまたイルが溜め息をつく。

サイの容姿は金髪、碧眼《へきがん》でいかにも良い所のボンボンという感じだ。なんというか嫌味《いやみ》がないくらいのイケメンで爽やか君。歳《とし》は十七だという。

何だか歯を見せて微笑《ほほえ》めばキラーンと歯が光りそうだ。

「宿はどうしますか？」

そう聞くとサイはすぐさま立ち上がり、部屋をドタバタと出ていったかと思うとすぐに戻ってきた。そして、

「この部屋の隣を押さえた」と得意げに言う。

「そうですか」

イルが机の上に革袋を置く。

「コウ殿、これが当面のサイの講義費用です」

「それで期間は？」

「気が済むまでだ」とサイが胸を張って言う。

そこでまたイルが溜め息をついた。

「そういう事ですので、この費用はとりあえず一ヶ月として、延びそうならまた報酬を出します」

そう言って申し訳なさそうに「よろしくお願いします」と頭を下げ、イルは部屋を出ていく。

「それでコウ！　今日の予定は？」

期待に満ちた目でサイが見てくる。

「今日は魔法ギルドの講義はありません」

「そうか！　では講義を頼む」と言ってきたがまずは色々と事情聴取。

そこで分かった事は、この若者の名前はサイディラン・ウルリス。最上級国家魔法師であるウルリス家の三男坊。

このウルリス家は国に五家しかない最上級国家魔法師家の一つで、殆《ほとん》どの国の方針はこの五家の話し合いで決められている。実質的な国の管理者の一族の者だ。

サイは一応継承権はあるが魔法にしか興味がなく、幼い頃からイル・ランディを師匠として魔法の腕を磨いてきたそうだ。

そして思ったとおり属性魔法と無属性魔法の関係も、この五家で情報を独占していて、古代書からの情報や遺跡から出た魔法杖を解析して、魔法の杖を五家共同で製作したとの事。

サイ君。そんなに喋《しゃべ》って大丈夫？　と聞くが……、サイは問題ないし問題なのは情報を秘匿している五家だと言う。

そんな話をした後は魔法ギルドへと行く。

魔法ギルドは講義の甲斐《かい》あって、魔法師達《たち》の質の向上を果たした。

現在は初期に講義を受けて習熟した魔法師達が講師となり、低級魔法師や中級魔法師に講義を行っている。

俺が講義をしているのは上級魔法師になる。それもあと一ヶ月程度で終わる予定だ。

魔法ギルドの中に入ると丁度受付近くにいたルークが声を掛けてくる。

「これはコウさん。今日は休みだったはずですが。おや？　後ろの方は……!!」

ルークが驚いて固まっている。

「ギルドマスター！　丁度良いところに」

「コウさん、後ろの方はもしや……」

硬直から回復したルークが、恐る恐る言う。

「ああ、サイです。今日はこのサイがどれだけ魔法を使えるか確認したく、演習場を貸してもらいにきました」

「そ、そうなんですね。もちろん、構いません」

ルークは受付に行くと何やら受付係に指示を出す。

それからしばらくしてルークが戻ってきた。

「コウさん、用意が出来ました。それでなんですが、私も見学していいですか？」

「構いませんよ」

ルークを先頭にして演習場へと行く。


演習場に着くとサイに使える魔法をいくつか撃ってもらい、その実力を測る。

その結果、サイの実力は詠唱魔法にしては威力が高く、無属性魔法による飛距離、形状も申し分無い実力だと分かった。特に保有魔力量は俺以外の魔法師の中では初めて見るというぐらいに多いものだった。

この日は属性魔法を無詠唱で出す訓練と、結界を無詠唱で出す訓練を行って終わりとした。

それにしても、無詠唱を成功させた時のサイの興奮ぶりは凄《すご》かった。それにサイは魔法に対して真摯かつ従順で、教えた事は疑問に思わずやってみる。この素直な性格は才能だと感じた。

昼になり、何を食べようかと宿で考えているとサイのお腹《なか》が鳴る。

そこで収納からボア丼とスープを出して二人で食べることにした。

サイは出された時には何だこれと見ていたが、一口食べると物凄い勢いで食べて、食べ終わった後の容器を悲しげに見ていたのでもう一つボア丼を出すと目をキラキラさせてガッツク。更にもう一杯食べたところで満足したのか、サイは懐から革の袋を机に出した。

「コウ、これからも飯を頼む」と良い笑顔でこちらを見る。

俺は溜め息をつき、毎食ではないと釘《くぎ》を刺すと了承したようだ。

サイと行動をともにするようになってから二ヶ月が過ぎた。

もうこの頃には魔法ギルドでの講義も終わり、不定期に追加講義を行うだけとなっていた。

その分、サイに対する講義回数が増えて、それとともにサイの魔法力もメキメキと上達していった。

サイは既に無属性魔法を自在に操り、特に得意としている属性の火、風、水魔法はかなりの腕前となり、更に索敵、身体強化などの補助魔法も覚え、驚く事に容量は少ないながらも収納魔法も習得している。

「コウ、この収納魔法は便利だな」

ニッと笑顔を見せるサイ。眩《まぶ》しい。

「ですがサイの実力ならまだ容量は増やせるはずです。訓練に励みましょう」

「ふふふ、そうだな」

サイは楽しそうだ。

俺とサイは街の商店街を歩く。そこであれこれと購入して収納にしまいながら店を見ていく。

「サイ、もう講義は終わりでも良いのでは？」

「ははは、それはダメだ。コウといるのは楽しいからな。それに勉強になる。日々刺激があって充実している」

楽しそうに言うサイに、俺は肩をすくめる。

「で、コウ。今日の昼飯は何だ？」

真剣な眼差《まなざ》しのサイ。それを聞いた俺は溜め息をつく。

「今日の昼は唐揚げ、ソーセージ、卵焼きに焼きおにぎりです」

「おお、唐揚げは美味《うま》いな！　楽しみだ」と鼻歌を歌いながら歩き出す。


「父上、サイですがどうします」

サイの兄であるウルリス家の長男ライディス・ウルリスは、父であり当主であるロンドル・ウルリスに問う。

「サイか……仕方があるまい。その邪魔な魔法師とともに消す。もう手遅れかもしれぬがな」

ロンドルは腕を組み、目を瞑《つぶ》る。

「しかし父上、イルの話では件《くだん》の魔法師と対立するのは危険だと」

「仕方があるまい。これは五家の総意となる」

「ではサイは……」とライディスは呟《つぶや》き、拳を握りしめる。


その夜、俺とサイが泊まる宿周辺に五十人の黒装束を着た者達が集まってきた。

どうやら十人が宿の周りを固めて、残りの四十人が中へと侵入するようだ。

その四十人は宿の警備をすり抜け、俺達が泊まる部屋のフロアへと辿《たど》り着《つ》く。

その廊下で二十人がバックアップ。俺達の逃走経路を潰し、残り十人ずつが部屋へと音も立てずに侵入する。

侵入した黒装束は俺が寝息を立てているのを確認すると鋭利なナイフを懐から引き抜き、首元にナイフを突き立てるが、

「これはお客さまですね」と俺は無傷で起き上がる。

黒装束の男達は素早く俺を囲むように移動する。

「国の暗部といったところでしょうか」

黒装束の男達は一斉にナイフを抜いてこちらへ迫るが…………結界に阻まれる。

「さてと、サイが心配ですね」

ベッドから降りると黒装束の男達を結界で囲み拘束。廊下へ出るとバックアップの黒装束二十人がギョッとした反応を見せる。

その黒装束達が動き出そうとするが既に結界で覆われて動けない。

俺は構わずにサイの部屋へと入り、サイに声を掛ける。

「サイ、大丈夫ですか」

「コウか、問題ない。教わったとおりに結界で制圧した」

サイは得意げに言う。

それを確認した俺は宿の一階ロビーへと降りて、宿の夜の責任者へ侵入者があったと報告して宿の外へと出る。

慌てた黒装束達がこちらへと向かってくるが、これも結界で制圧。

俺達は部屋や廊下にいる黒装束達を外に並べて、起きるにはまだ早いので寝る事にする。


翌朝、起きると外が騒がしい。

何だ何だと外を確認すると、結界で囲われた黒装束達の周りに人だかりが出来ている。

昨夜の事を思い出した俺は一階ロビーまで降りると、支配人が困った顔をしながら近づいてくる。

ああ、やはり宿の前に五十人の黒装束達が拘束されて見世物になっていたら迷惑だよね。

支配人と話し合い、眠そうなサイとともに五十人の拘束された黒装束を広場に移動させる。

そして紙を貼り付ける。内容は、

『私達は国の暗殺者です。一般人を狙いましたが失敗して拘束されました』

と書かれている。

それを見た住人達は黒装束を囲み、「酷《ひど》い奴《やつ》らだ」「情けない」「国は何をやっているんだ」ナドナドいいように言っている。

そこに役人が来て住人を追い払うが、遠巻きにヒソヒソと囁《ささや》き続ける。

それを見たサイは何か思うところがあるようだった。

「一度、父上に会う必要があるな。コウも来てくれるか？」

「良いですよ」とニコリとする。

サイを先頭にして俺達は国が管理する区域へと歩いていく。

国が管理する区域に入る門の前に着くと、サイは、何やら懐から紋章を取り出した。

「ウルリス家のサイディランだ。こちらは供の者になる」

その紋章を見た門番は頭を下げて門を開く。

「いくぞ、コウ」

サイは小さく声を掛けて堂々と道を歩いていく。

十分ほど歩くとこの地域でも裕福な者が住むと思われる地域へと足を踏み入れる。

そこでも他の屋敷とは比べ物にならないくらい大きな屋敷へと俺を引き連れて入っていく。

その屋敷の扉の前では執事と思われる者が既に待っていた。

「これは坊っちゃま、お久しぶりです」と執事は頭を下げる。

「カルロスか、久しいな」

サイは一瞥《いちべつ》しただけで前を通り過ぎる。

「お待ちください。サイディラン様」

「何だ」

サイが睨《にら》むがカルロスは怯《ひる》まない。

「サイディラン様は既にウルリス家を廃嫡されています」とカルロスはサイの前に立つ。

「ふふ、そんなものは関係ない」

サイは笑い、カルロスを避けて扉を開けるとそこには二十人の魔法師達が立ち塞がる。

そんな状況を見てサイは微笑む。

「コウ、手を出すなよ」

楽しそうに振り返ってそう言った。

サイは立ち塞がる魔法師達を見る。相手は既に詠唱に入っているようだ。

それでもサイは動じずに一歩前に出ると、「遅いな」とだけ呟いて右手を前に出し、風の塊を連続で放った。立ち塞がっていた魔法師達が次々に倒れていく。

反撃がないことを確認したサイは、ズンズンと廊下を進んでいく。

「コウ、いくぞ」

大きな扉の前に着くとノックもせずに中に入る。そこには当主であるロンドル・ウルリスが立派な机で書類を見ていた。

「父上！」

「サイか。お前はもうこの家の者では無い。出ていけ」

ロンドルは一瞬だけチラッと目線を上げたが、また手元の書類を見始めた。

「それは構いませんが、それで良いのですか？」

「良い」

ロンドルはサイに目を向けずに言う。

「そうですか。これではウルリス家も終わりですね」

「どういうことだ」

「言葉のとおりですよ、父上……いいえロンドル・ウルリス様」

「何！」

「既に無詠唱が使える国の魔法師よりも優秀なギルドの魔法師が活動を開始しています。国の魔法師が駆逐されるのも時間の問題でしょう」

　サイはロンドルを見ながら微笑む。

「何を言うか、無詠唱が使えたとて国の魔法師の優位は変わらんよ」

「ふふふ、ロンドル様。甘いですよ」

　サイは笑顔を見せる。ロンドルは立ち上がり詠唱を始めるが、音が消えた。

「…………」

「ははは、消音の魔法ですよロンドル様。これでは詠唱魔法は使えませんね。ギルドの魔法師は低級の者でも使えますよ。ですが無詠唱の者には効きませんが」

　サイはロンドル見て更に笑顔となる。

　それを聞いたロンドルは愕然《がくぜん》として棒立ちとなる。

　そこにガチャッと扉が開き、長男のライディスが入ってきた。

「父上！　サイが来たと……これはどういうことですか!?」

「ライディス様」

　サイはライディスの方に向き、他人行儀にそう言った。

「サイ、お前。なんでライディス様などと」

「私はもうこの家の者ではないようですから。そうですよね、ロンドル様」

「父上！　それはどういう事で」

「サイディランは廃嫡とした」

　ロンドルは冷たく言い放つ。

「どういうことですか！」

　ライディスがロンドルに詰め寄る。

「五家の判断だ」

「それで良いのですか、父上！」

「ライディス様、私のことはお構いなく。ですが既に五家は詰んでいますよ」

「それはどういうことだ、サイ！」

「既に魔法ギルドの魔法師の方が国の魔法師よりも実力が上ということですよ」

「サイ！　そんな事があり得るのか？」と狼狽《ろうばい》するライディス。

「ははは、こいつがやりましたからね」

　空気となっていた俺をサイは見る。

　そこに初めて気付いたかのように、ライディスは俺を睨みつける。

「貴様は例の魔法師か」

「商人で魔法師のコウです」とニコッと笑顔を見せる。

「貴様！」

　ライディスは詰め寄ろうとするが、サイが真剣な顔をして忠告をする。

「ライディス様、死にますよ」

ライディスは拳を握りしめて俺を睨む。

「ライディス様、もう手遅れです。既に魔法ギルドの者の殆どが無詠唱魔法とその応用を学び、国の魔法師の実力を超えています。もう国の魔法師では抑えられません」と冷たくサイは言い放つ。

「くっ！」

「もう良いだろう。サイよ、出ていけ」

「分かりました」

サイは頭を下げて俺とともに部屋を出ていく。


「良いのですか？」

「清々したよ」

俺はサイを気遣って聞くが、サイはどこか晴れやかな様子だった。

「そうですか。私はそろそろこの大陸を出たいと思います」

「そうか」

サイは何かを考えるかのように答える。


それから数日が経ち、俺は知り合いに挨拶を済ませると宿を後にする。

港町に続く道へと向かい、領都の門を潜る。

しばらく歩くと、サイが木を背にして立っているのが見えた。

「遅いぞ」

「なぜ、サイがいるのですか」

「決まっているだろう。俺もコウと一緒に旅に出る」

サイは満面の笑みで言う。何か良い事を言ったと満足そうにしている。

「連れていきませんよ」

「それは出来んぞ」

俺は苦い顔になってそう言うが、サイが得意げに返す。

「辛《つら》い旅になりますよ」

「それも一興」

俺は溜め息をつくが、サイは笑って答える。観念したよ。

「仕方がありませんね」

港町に向かって歩き出し、その後をサイが陽気についてくる。足取り軽く。

第十三章　獣人国への二人旅

俺達《たち》が港町に着いた頃には日が陰ってきたため、宿に一泊する事となった。

ゆっくりと宿で休み、翌日に二人で港へと歩いていく。

港に着くと防波堤に座り、朝食にホットドッグを食べ、コーヒーを啜《すす》る。

朝日が海面を照らしてキラキラと光り、海鳥がその上を爽快に飛ぶ。

食べ終わると収納から船を出して海面に浮かべ、サイとともに乗り込んでいく。

船を操船して港を出るとゆっくりと沖を目指す。

心地よい陽気で風も穏やかだ。とても気分が良い。

「コウ、船は良いな。しかしこんな小さい船で大丈夫なのか」

「大丈夫です。後で違うのに乗り換えますから」

「おお、何だそれは！」

「後でのお楽しみです」

サイは無邪気に聞いてくるが、まずはゆっくりと船を進める。

「ナブ、オススメの行き先は無いか？」

《はい、マスター。オススメではないのですが、たまたまとある現象を探査ポッドが捉えました》

俺の目の前に映像が浮かぶ。

その映像は地上を真上から撮影したもので、その映像に突然集団が現れる。

《マスター、これは転移での出現と考えられます。探査ポッドで近づいて調べましたが、行き先は魔法陣の下に別の魔法陣があるらしく、確認出来ませんでした》

「そうか面白そうだな。ここはどこだ？」

《はい、ここは魔獣使いの集落がある周辺になります》

現在位置と行き先の地図が目の前に表示される。

「分かった。ありがとうナブ」

収納から飛空艇を取り出して目の前に浮かべると、俺は飛空艇に乗り込む。

サイも慌てて続く。

船を収納するとナブから示された方向へと飛空艇を設定して空を飛ぶ。

雲の上まで上昇して水平飛行にする。

「おお、凄《すご》いなコウ」

サイは目をキラキラさせながら、雲の隙間から覗《のぞ》く海面を眺める。

「行き先を決めました」

「うん？　どこだ？」

サイは振り返って尋ねる。

「魔獣使いがいる大陸です」

「魔獣使い……」とサイは呟《つぶや》き、外を眺める。

昼間は順調に進み、日が陰ってくると上空で停止させて休む事にする。

俺はソファーのテーブルに唐揚げやソーセージ、サラダ、簡単な漬物といったものを並べてビールを出す。

サイは既に涎《よだれ》が垂れていて食べ物に釘付《くぎづ》けだ。

「さあ、食べましょうか」

サイは唐揚げをフォークで刺して齧《かじ》ると、満面の笑みとなる。

「いつ食べても、この唐揚げは美味《うま》いな」

そう言ってビールのタブを開け、ゴクゴクとビールを流し込む。

「プハァー！　美味いな」

サイはご機嫌にソーセージも齧る。これも美味いと呟きながら次々に食べていく。

俺はそれを見ながら魔導ピアノに近づくと、緩やかなジャズの曲を流す。

「ほう、良い音色で心地よいメロディーだな」

サイは感心するように目を瞑《つぶ》り、音に耳を傾ける。

俺はソファーに座り、ゆっくりとビールを飲んで一息入れる。すると、

「すまんなコウ」とサイが突然頭を下げる。

「何がですか？」

「あの、何だ。無理やりついて来てしまってな」

鼻の頭を掻《か》きながらそっぽを向いて言う。

「ああ、その事ですか。サイの事情も分かりますし、一人旅よりも二人旅の方が楽しそうですから気にしていませんよ」と俺は笑顔で答える。

「それなら良いのだが、心地よすぎてな」と照れながらサイは言う。

「それは何よりです」

そして、二人は顔を見合わせて笑った。

美味《おい》しいものを食べて、美味しいお酒を飲んで、静かに流れる曲を堪能する。

二人にとっては至福となる時間が流れていた。

「父上、サイの奴《やつ》が行ってしまいました」

「そうか」

長兄のライディスがロンドルにそう言うと、素っ気ない言葉だけが返ってきた。

「魔法ギルドの件ですが、サイの言ったとおりでした」

「それが本当だとすると国が荒れるな」

ライディスは苦い顔をしながら言うと、ロンドルは腕を組んだまま苦しい顔をする。

「そうですね。今までは実力と魔法の杖がありましたから魔法ギルドも従っていましたが、これからはそうはいかないかと」

「ああ、分かっている。五家の方でも対策を練ってはいるが答えが出ない」

「いっその事、魔法ギルドに教えを請うてはいかがかと」

「五家が頭を下げると思うか」

ライディスは首を振り、溜《た》め息《いき》をつく。

「無理ですね」

その後、魔法国では魔法ギルドが主体となった魔法改革が進み、国の魔法師は衰退していくこととなる……。

数日間飛行を続けると大陸が見えてきた。

「どうやら目標の大陸のようですね」

「おお、あれか」

俺が大陸を眺めると、サイも目を細めて見る。

「さて何が待ち受けているのでしょうか」

「楽しみだな」

二人は笑い合う。

地上には降りずに内陸部を飛んでいく。ナブの情報によると、この地域には大きな町などは無く、道すら整備されていない。所々に集落が点在しているだけだという。

そのためにまずは転移の魔法陣がある場所まで移動することにした。

数時間で魔法陣の上空までくると、降りて飛空艇を収納に入れる。

「少し蒸し暑いな」とサイは不快げに言う。

「水魔法で冷えた水を薄く纏《まと》うと良いですよ」

「そうかそんな使い方も出来るのか」

サイは納得して体に薄く水を纏い始める。

数分もすると慣れたらしく、平然と後ろをついてくる。

「ここですね」

隠蔽された魔法陣を見つけると、慣れた手付きで魔法陣を調べていく。

魔力を薄く魔法陣に浸透させて下に隠れている魔法陣を調べていく。

「ふむ、分かりましたよ」

「そうか。それでこの魔法陣はどこに繋《つな》がっているんだ？」

「そうですね。これは他の大陸のようですが、私は行ったことがありません」

「まだ見ぬ大陸か」とサイはニヤッとする。

「そうですが、実はここの集落に住む魔獣使いが誘拐されて奴隷にされるという事がありましてね。この魔法陣はその誘拐した奴らが使っていた可能性があります」

「そうすると悪人ということか」とまたもやサイはニヤッとする。

「そういう事になりますね」と俺もニヤッとする。

しばらく二人でクックックと笑い合った後、近くの集落を訪れてみることにする。

ナブの誘導のもと、集落まで歩く。

二時間ほどで集落に着くが、サイは肩で息をしている。どうやら身体強化を使わなかったようだ。

それを指摘すると、サイは「そうだった」と肩を落とす。

まぁ体力が付くから良いのではと慰めておく。

気を取り直して集落に近づくと、入り口を守る男二人が槍《やり》をこちらに向けきた。

「お前らは何者だ！」

「怪しい者ではないです」

そう言ってみたが、二人で自分達の格好を見るとまぁ不審者だ。

どう見てもこの辺に住んでいる者の格好ではない。

「あの、お聞きしたいのですが、この辺に住む魔獣使いの方がいなくなるという事がありませんでしたか？」

「お前らが拐《さら》ったのか！」

「いえ、たまたまですが魔導国という所で攫《さら》われた魔獣使いの方と喋《しゃべ》る機会がありまして」

そう告げると一人が集落の中に走っていく。しばらくすると老人を連れて男が戻ってくる。

「ワシはこの集落の長《おさ》だ。それでお主達が攫われた魔獣使いに会ったという者かの」

「はい、正確には私です。言葉が通じなかったために通訳をしました」

「それで連れさられた者達は無事かの」

「いいえ、数人の魔獣使いがいたと証言されましたが、見つかったのは一人だけです」

「そうか」と長は沈痛な顔をする。

「それでどんな者達が連れ去ったのですか？」

「ああ、あれはローブを着ていて風体《ふうてい》は分からなんだが、恐ろしく魔法に長《た》けた者達じゃった。詠唱も短くてな。こちらが従える魔獣達で対抗したがやられてしもうた」と悔しさを滲《にじ》ませる。

「その者達はその後も現れましたか？」

「いいや、他の集落も襲ったようだが最近は現れておらんよ」

「そうですか、実はその者達は拐った魔獣使い達を使って国を襲いました。何とか食い止めることが出来ましたが、気付かなければ国が滅びるほどの魔獣の軍勢でした。私はその者達を追っています。見つけ次第殲滅《せんめつ》しようと考えています。これで私達は去りますがまた来ます。その時に何かあれば教えてください」

「おお、分かり申した。何かあれば来た時に伝えよう」

長がそう言うと突然目の前に大きな鳥の魔獣が降りてくる。

「おお！」

「これは珍しい。ウィンドバードか」

サイが驚くが、長は嬉《うれ》しそうに話す。

そのウィンドバードは俺を見て「キュウ」と鳴く。

「おほほ、これはこれはお主。このウィンドバードに好かれたの」と楽しそうに長は言う。

俺は収納からソーセージを出して与えると、こちらを見て食べていいのかとばかりに首を傾《かし》げた。

「良いぞ」

そう声を掛けると美味しそうにソーセージを食べる。

すると食べ終わったウィンドバードが俺の肩に乗ってきた。

「これほどに好かれるとはの。お主、そのウィンドバードが気に入ったら魔力をウィンドバードに注いでみると良い」

俺は撫《な》でるようにウィンドバードに魔力を注ぐと一瞬辺りが光った。

そして何やらウィンドバードとの間に絆《きずな》を感じるようになる。

「ウィンドバードも受け入れたようだの。これでそのウィンドバードはお主の獣魔となった」

ウィンドバードを見て少し考え込む。

「そうですね、君の名前は風魔《ふうま》にしましょう」

「キュウ！」

ウィンドバードは嬉しそうに鳴いた。

それを見届けた長は、集落に戻っていく。

「ではの」

体長が六十㎝のウィンドバードは風魔法が使え、飛行の補助や敵からの攻撃の妨害、風の刃を飛ばして攻撃するという小さいながらも有能な魔獣のようだった。

それに可愛《かわい》い。

「良いな、獣魔か」

サイはナブの端末によって言葉を聞き取ることは出来たが、喋ることが出来なかった。

そして俺が獣魔を得たことを羨ましいとグチグチ言っている。

ふふふ、新たな仲間だね。


俺達はナブの情報により、この大陸にある小国群を巡ることにする。

この大陸はさほど大きくはないが、魔獣使いが住んでいるこの山々に囲まれた地域の山を越えていけば、そこに八つの小さな小国家がある。

まずは森を抜けて山を越えるのだが、飛空艇ではなくのんびりと徒歩で向かうことにした。

俺達は野営をしながら進む。

夜は焚《た》き火《び》を囲み、寝る時は結界を張って寝る。

焚き火がパチッと弾《はじ》けて火の粉が舞う。木々の隙間からは満天の星が見える。二人は焚き火に当たり、チビチビと酒を飲みながらくだらない話をする。

それもまた楽しい。

風魔は風魔で俺の近くで焚き火に当たって寝ている。気持ち良さそうだ。


そんな移動を続け、一ヶ月かけて山を越える。

山頂から山向こうを望むと平野が広がっているのが見える。それほど文明が進んでいるようには見えない。


更に半月をかけて山を降りるとまばらに森があり、山から川が流れた豊かな平野が続く。

この近くにはまだ街などは見えない。

俺達はゆっくりと平野を歩く。その上空では風魔が気持ち良さそうに旋回している。

さて、日も落ちてきた事だし野営の準備でもしようかと考えていると、風魔が鳴く。

「キュウ！」

そして風魔が飛んでいく方を見ると、街のものと思われる外壁が見えた。

流石《さすが》に今から向かうと日が暮れるので今日はここで野営とする。

翌日は朝から街へと向かう。ゆっくりノンビリと移動したので二時間掛かった。

だが、目の前の外壁には小さな扉しかないし、門を守る兵もいない。

仕方がないので外壁沿いに歩いていくと、到達した外壁とは反対側にある門に着く。ここの門は既に開いており門を守る兵士もいる。

街に入る時に何か調べられるかと思ったが、特に何もなく入れた。警備が緩い。

中に入ると意外と大きな街なのだが活気がないし、人も少なく感じる。

まばらに開いている商店に寄って色々と聞きながら街を歩く。

とりあえずは商店で聞いたオススメの宿に行き、二人部屋を取って中で作戦会議。

風魔は街には入らずに外で待機している。

「どうしますかね。何かこの街は活気がありません」

「そうだな、俺もそう思う」

サイは小腹を埋めるために唐揚げを食べる。

「各種ギルドもこの街にはありませんし、少し情報収集をしたらこの街は出ましょう」

「分かった、今日は情報収集だな」

そう言いながら唐揚げをパクリと食べてジンジャーエールをむせながら飲む。

休憩を済ませて情報収集のために街に出る。

数時間の調査の結果、色々と分かってきた。

まずこの国の名前はイの国。そしてこの街は果ての街ルギア。

昔は魔獣から国を守る防波堤として機能していたが、年が経《た》つにつれて魔獣の数が減り、魔獣素材も取れなくなって、他の産業も何もない寂れた街となった。昔は冒険者ギルドや商業ギルドもあったが、今では閉鎖されて次の街まで行かないと無い。

今回は商店で素材を売ったのでこの大陸の貨幣を手に入れたが、手持ちが少ないのですぐに次の街に行くこととなった。

翌日は朝早くから宿を出て移動する。

夕方には次の街ランドアに到着。

門兵にオススメの宿と商業ギルドの場所を聞いて、まずは商業ギルドでお金を調達する。それが終わるとオススメの宿を取り、泊まることとなった。

「すまんなコウ」とサイは肩を落としている。

「お金ですか？　それは良いですよ。無駄にありますしね。それにサイには働いてもらいますし。とりあえずは我が商店の番頭としましょう。それと念のために商業ギルドに登録もしましょうか」

「そうか。登録するのは構わん。冒険者の方は良いのか？」

「どうやら大陸全体で魔獣の数が減っていて冒険者の需要が激減していると商業ギルドで聞きました。ほぼ、商人の護衛しか依頼は無いみたいですね。盗賊はどこにでもいるようですが」と苦い顔をする。

「明日も情報収集か？」

「そうですね」

そう言って俺はベッドに寝転ぶ。

「コウ、夜飯はどうする？」

「せっかくですので外で食べましょうか」と起き上がる。

「ふふふ、初めての大陸での食事か。美味しいものがあれば良いな」とサイも立ち上がり、宿を二人で出る。

翌日は朝から情報収集に出かける。

「昨日の夜飯は参ったな……芋、芋、芋だったからな。不味《まず》くはなかったのが救いだが流石に飽きる」

「ふふふ、多分この大陸での主食が芋なのでしょうね。店の者に聞いたのですが、もう少し進んだ先の街は畜産が盛んで腸詰が美味しいらしいですよ」

「うん？　腸詰？」

サイは首を傾げる。

「ソーセージですよ」

「そうかソーセージか。それは楽しみだ」と笑顔でサイは答える。

色々な調査の結果。次の街は畜産が盛んなのだそうだ。そして良い水もとれて美味いエールやラガーが飲めるという事が分かった。この情報によりすぐに次の街へ向かう事が決定。

翌日の朝には早速出発する。

街を出ると風魔が俺の方に舞い降りる。

「何もありませんでしたか」

「キュウ」

俺が風魔を撫でると、風魔は鳴く。

「そうですか。それでは警戒を頼みますね」

「キュウ！」

風魔は上空へと羽ばたいていった。

今日も良い天気だ。すぐ後ろにはサイが眠そうな顔をして歩いている。

しばらく歩いていると、上空の風魔が荒々しく鳴いた。

「キュウ！」

ふむ、盗賊か。

「コウ、盗賊だな」

サイも気が付いたようで臨戦態勢に入る。

少し歩いていくと、貧相な盗賊達が十人ほど茂みから出てきた。

「お前ら、身包《みぐる》みを置いていけ」

それを見たサイはニヤニヤしている。

「おい！　聞いているのか！」

盗賊の頭《かしら》と思われる男が叫ぶが、俺達は笑顔を浮かべている。

「くそっ！　舐《な》めやがって！　野郎ども！　思い知らせてやれ！」

「へいっ！」

盗賊達は手に短剣やナイフを持って一斉に襲い掛かってくるが、結界に阻まれて攻撃が出来ない。

それを見ながら俺達は更に笑みを深める。

盗賊のお頭は他の盗賊達を下がらせ、背中に背負っていた大剣を上段に構えて気合いの裂帛《れっぱく》とともに大剣を結界に叩《たた》きつける。

しかし、ギッ、カラーンと音がして折れた大剣の刃先が飛んでいく。

お頭は折れてしまった大剣を啞然《あぜん》と眺めている。

「もう良いですか？」

「まだだ！」

俺が声を掛けるが、お頭は吠《ほ》えて拳で結界を殴りつける。が……。

「ぐっうぅ」

「お頭！」

拳を抱えて蹲《うずくま》るお頭の方へ、子分達が駆け寄ってくる。

「さて、次はこちらからですね」

俺達は顔を見合わせて頷《うなず》き、俺が土魔法で盗賊達の足元に穴を開けて落とし、そこにサイが水を張って凍らせる。

「命までは取りませんが、そこで反省してください」

俺達は次の街へと歩く。

第十四章　タキノ

「サイ、水魔法の腕が上がりましたね」

「まあな、氷にするまでには時間が掛かったがコツさえ摑《つか》めばな」

振り返らずに言うと、サイは嬉《うれ》しそうな声で言った。

そこからは盗賊とも出会うことなく、夕方には柵に囲まれた牧草地を抜けて街へと到着した。

門兵にオススメの宿を聞いて部屋を取ると、夕飯のために外に出る。

あらかじめ宿で美味《おい》しい店を聞いていたのでそこに向かう。

店に入るとかなり盛況のようだ。席はほぼ埋まっており、カウンター席に二人で座る。

カウンターの中にいる女性にオススメの料理を聞き、美味しいというエールも頼むことにした。

すぐに出てきたエールを二人でグビグビと飲む。常温だがたしかに美味《うま》い。

そこに頼んでいたオススメの料理が二人分置かれる。

内容は焼いた腸詰と芋と野菜のスープだ。

まずは腸詰を食べる。噛《か》むとパリッとしていて肉汁が溢《あふ》れる。美味い。でももう少しハーブや香辛料が利いていればもっと美味くなると思う。でも美味い。エールとも合う。

スープも肉の旨味《うまみ》と野菜の甘みが合わさって美味い。これも香辛料がもっと利いていればもっと美味くなるのだが。

まぁ、総じて美味い。

サイを見ると味には満足しているのか、黙々と食べてはエールを飲んでいる。

するとカウンター席の端の方から騒がしい声が聞こえてきた。

「おばちゃん、もう一杯くれ！」

「もうやめときな、タキノ！」

カウンターの向こうにいる女性がその男に声を上げる。

「いいんだよ！　せっかく師匠から剣術を受け継いで街まで来たっていうのに、護衛しか仕事がねえ！　これが飲まずにやってられるか！」

男はくだを巻き、女性は溜《た》め息《いき》をつく。

「もう最後だよ」

ドンと男の前にエールの入ったジョッキが置かれる。

「さすがおばちゃん」

男は早速エールをゴクゴク飲むと、俺達《たち》が見ていたのに気が付いた。

「なんだお前ら！　何か文句あるか！」

こちらを睨《にら》んでくる。俺達は苦笑しながら笑顔で答える。

「いえいえ、楽しそうで何よりです」

「テメェ！　馬鹿にしているのか」と男は凄《すご》んでくる。

「飲み過ぎているようですね」

「タキノ！　やめな！　やめないと出禁にするよ」

カウンターの向こうにいる女性がそう言うと、舌打ちをして大人しくなる。

男はエールを飲み切り、お代をカウンターに置いて店を出ていった。

しばらくすると片付けの終わった店の女性が来た。

「あんた達ごめんなさいね。アイツは悪い奴《やつ》じゃあないんだけどね。こんな世の中だろ？　腕が立つ奴の行き場がなくてね。拗《す》ねているのさ」

女性は困った顔をする。

「いえいえ、私達は気にしていませんよ」

俺達は食事を続ける。女性からも色々と聞き出して食べ終わり、お代を払って店を出た。

「おい、お前ら」

しかし、先ほどまでカウンターで飲んでいたタキノと呼ばれた男が待ち構えていた。

「何かご用ですか」

「どこぞの商人のボンボンと、護衛の魔法師といったところか」

タキノと呼ばれた男が剣に手を掛け、目を細めて言ってくる。

「ボンボンではありませんが、たしかに商人で魔法師の私コウと番頭で魔法師のサイです」

俺はニコリと笑い、サイは後ろで笑いを堪《こら》えている。

それを見たタキノは、ジリッと摺《す》り足《あし》で距離を詰めてくる。

「馬鹿にしやがって！　この距離で魔法師が剣士に勝てると思っているのか！」

「ふふふ、たかが剣士風情が本物の魔法師に勝てるとでも？」

俺は首を傾《かし》げて笑い、タキノを煽《あお》る。

それを聞いたタキノは半身の姿勢で剣を体で隠し、摺り足で距離を詰める。

「ほざけ！　小僧！　そして死んで後悔しろ！　シッ！」

抜剣した鋭い剣戟《けんげき》は俺の結界に阻まれる。が、その結界には白く剣戟の筋が浮かぶ。

「私の結界に傷を付けるとは大したものですね。サイ、結界の強度はいつもの倍で」

俺は感心した声色で喋《しゃべ》り、後ろを振り返らずにサイに告げる。

それを聞いたサイは頷《うなず》く。

「いつの間に結界を張りやがった！　しかも俺の剣戟が結界を貫けないだと！」

「上には上がいるということですよ」

俺は涼しい顔で言う。それを聞いたタキノは苦い顔をする。

「これが俺の全力だと思うなよ」

構え直すと何やら体が一瞬光り、「シッ！」と抜剣！

鞘《さや》から抜かれた刃は鈍く光り、鋭く俺の結界に当たるとパキィイィンという音とともに結界が弾《はじ》けるが、すぐに新たな結界を張って剣を阻む。

「くっ！　これでも抜けねえか！」

「いえいえ、誇っても良いですよ。一枚とはいえ私の結界を割ったのですから」

目を見開いて感心するように言い、頭上に火の玉を作り出す。

「ではそろそろ私の番で良いですか」

「おいおい、詠唱はどうした！　だが魔法を斬れないとでも思うなよ」

剣を鞘に戻し、吐き捨てるようにタキノが言うと、俺は更に頭上に数十の火の玉を作り出す。

「おいおい待て！　それは反則だ」

「ではいきますよ」

俺はタキノを目掛けて火の玉を一斉に飛ばす。ゴゥッという音とともに数十の火の玉が襲うが、タキノは素早く抜いた剣を振って火の玉をいくつか切り裂いて消滅させる。

しかし、間に合わなかった火の玉がタキノを襲う。

「くっ！」

タキノは覚悟をして目を瞑《つぶ》るが火の玉は襲ってこない。意を決して目を開けると自身の周囲を火の玉が囲む。

タキノはしゃがんだかと思えばその場にどっかと座り、開き直る。

「俺の負けだ。煮るなり焼くなり好きにしろ！」

振り返ってサイを見るが、サイは首を振って苦笑いをする。

「私はあなたに興味がありませんよ」

俺達はその場を去った。

この争いは店の前で起きたため、騒ぎを聞きつけた多数の野次馬《やじうま》が、なんだなんだと店の中から外を覗《のぞ》き込《こ》んでいた。

「おい、あのタキノが魔法師に負けたぞ」

「口と態度は悪いが腕はたしかなタキノがだと」

「嘘《うそ》だろ」

「ザマァみろ」

などと騒ぎ立てる。

そんな喧騒《けんそう》を気にする事なく、タキノはその場で大の字で寝転んで星空を眺める。

「上には上がいるか」

そう呟《つぶや》き、次の瞬間獰猛《どうもう》な笑顔になる。


「コウ、あの剣士どうだった」

「そうですね、少なくとも私が今まで会った剣士の中では一番ですね」

サイが俺の後ろを歩きながら話す。

「そうか、俺では危なかったかもしれないな」

「今のサイとあの剣士では五分五分でしょうね」

「俺もまだまだということか」

真剣な顔の俺とは違って、サイは笑顔だ。


翌日の朝、俺達は次の街へと移動するために宿を出た。

するとなぜかタキノが立っていて、こちらへ声を掛けてきた。

「遅いじゃねぇか」

「なぜお前がいるんだ！」

サイは驚いた様子でそう言った。

「お前ら商人なんだろ、俺が護衛してやる。もちろん、金はいらねぇ」

「おいおい、昨日魔法師に負けたお前が護衛に付いたって役に立たないだろ」

「うるせぇよ。金魚の糞は黙ってろ」

「何が糞だ！　お前こそ道端の犬の糞だろ！　踏まれてしまえ！」

サイは口から唾を飛ばしながら、タキノに言い返す。

「ああ、やだねえ。これだから世間知らずのおぼっちゃまは」

「なんだと！」

憐《あわ》れんだ目でサイを煽るタキノ。

「まぁまぁ、サイ。タダで護衛をしてくれるなら良いではないですか。連れていきましょう。それに我々よりもこの先の事には詳しそうですしね」

俺が間に入り、タキノが一緒に同行するのを了承する。

サイは溜め息をついた。

「コウがそう言うなら良いけど……お前は大人しくしていろ」

「へいへい」と両腕を頭の後ろで組み、コウとサイの後ろをついていくタキノ。

その空には雲が流れ、風魔が気持ち良さそうに三人の上を旋回している。


俺達三人は街道を歩く。

タキノの話によれば次の街がこの国の首都となる。

この国は魔獣が多い山地を塞ぐようにある事から、他の国からは魔獣の防波堤として存在していた。現在では魔獣は少なくなって、これといった産出物も無く、ただ農業と畜産が盛んだという事で半ば放置されている国だという。

農産物や畜産物で潤っているかというとそうでもなく、岩塩も無く、海も遠く、塩を手に入れるためにはいくつかの国を越えるしかない。塩の値段が高く、国として貧乏だということだ。

この日は街道沿いで野営することとなった。

道程としては首都まで三分の一を消化した程度。

タキノの話では通常なら朝に街を出れば夕方には着く距離だという。

ではなぜ三分の一しか進んでいないかというと、それはサイとタキノに原因があった。

この二人はすぐに口論となり、その延長で道を逸《そ》れて模擬戦に突入してしまう。

それを三十分おきに行うため、なかなか進まない。

戦績は五分五分。

俺は特に気にする事なく二人の模擬戦を眺めて楽しんでいる。

焚《た》き火《び》を囲んでそろそろ夕食かという頃に、サイが怒り始めた。

「タキノ！　今なんて言った！」

「ああ？　クソはクソと言ったんだ」とタキノがニヤリ笑う。

「お前は本当に死にたいみたいだな」

「はんっ、テメエがそんな事言っても怖かねえよ」

「おいっ、そっちに広くなっている場所がある。来い」

サイは立ち上がって開けた方へ歩いていく。

それを見たタキノは渋々といった風だが楽しそうに向かう。

二十分もすれば気が済んだのか、二人が帰ってくる。今回は引き分けだったらしい。

そのせいか、不機嫌そうに焚き火を間に挟んで座り、互いに目を合わせない。

「夕飯にしますか」

「「おう」」

二人の声が重なる。

「二人は仲良しですね」

「「そんなことあるか」」

とまたまた二人の声が重なる。

俺は楽しそうに二人にボアカツ丼と漬物、そしてビールを出す。

それを二人はガッツクように食べてビールを飲む。

何回かお代わりして満足したのか二人ともその場に寝転ぶ。

「タキノ」

「なんだ、コウ」

「タキノは魔法を使わないのですか？」

「魔法なんてのは金持ちのボンボンか、国のお偉いさんくらいしか習えねえよ。ツテもねえし金もねえ」

タキノは不機嫌そうに答える。

「そうですか。では魔法を覚えますか？」

「ン？　俺が魔法を覚えられるのか？」

興味が湧いたのか、タキノは体を起こす。

「覚えられますよ。ですがサイほどは使えないとは思いますけどね」

「それでも使えるなら使いてえ」

タキノは目を輝かせる。

「ではサイ。タキノに教えてください」

と俺が言うと、サイはガバッと体を起こして、

「え？　俺がか？」と呆《あき》れた声を出す。

「そうですよサイ。サイの勉強にもなりますしね」

サイは少し考える。

「分かった」

小さくそう呟くと、タキノに近づいて魔法を説明し始める。

俺はその様子を見てニコリと笑う。

それからサイはタキノに魔法を教え始め、タキノはそれを吸収していく。

タキノの魔力量はそれほどでもないが、剣術の中で自然と身体強化や剣に魔力を纏《まと》わせることなどが出来ていたため、それらの補助魔法は結界魔法とともに習得していった。

タキノの使える属性は風、水、土の三属性。

中でも風属性は得意なようで、風魔法で移動速度を上げたり風魔法で剣を強化して切れ味を増したりなどが出来るようになった。

その結果、サイとタキノの模擬戦はタキノが勝つことが多くなってきていた。そのことにサイは悩んでいたが、タキノとの模擬戦の最中にコツを摑んだのか、覚醒することとなる。

サイは悩んでいた。

コウからタキノに魔法を教えてくれと言われ、渋々ながらも了承した。タキノも憎まれ口を叩《たた》きながらも魔法に関しては素直に習い、スポンジが水を吸収するが如く習熟していった。

教える方も楽しくなり色々と教えていったが、ある模擬戦からタキノが勝ち越すことが多くなっていった。

このままではタキノに勝てなくなる。サイはそう思った。

そんな時、魔法を試したくてソワソワしているタキノから模擬戦を申し受ける。

模擬戦を始めた頃は余裕を持って攻撃しながら結界で防ぐことが出来ていたが、今のタキノは習熟した身体強化を自在に操り、魔力を任意に移動させて剣を強化させ、その剣速と移動速度は目で追えなくなるほどの神速だ。結果としてサイは結界の多重防御で防ぐしかなくなり、攻撃の手が出せない状態であった。

防御をしながらにもサイは考える。どうすれば良い？

目でタキノを追うのではなく、探索魔法でタキノと剣を捉えれば良いのでは？　という考えが閃《ひらめ》いた。

思ったとおりに実行してみる。タキノと剣の動きをなんとか認識出来るようになり、更に探索魔法を強化したことで、サイには今まで見えなかった世界が見えるようになった。

魔力により強化された脳に余裕が生まれ、今までは六つが限界であった魔法の多重展開がこの状態になってからは十……いや二十までならいけそうな感じがしてきていた。

それを実行する。

結界を多重展開しつつ、探索魔法で立体的に捉えて周囲を把握すると、氷の槍《やり》を多重に展開してタキノを襲う。雰囲気が変わったサイを見てタキノが吠《ほ》える。

「面白《おもしれ》え！」

タキノは身体強化を更に強化し、一瞬にしてサイへと接近するが、サイがそれに反応して自身も身体強化で回避行動をとる。

それにタキノが超反応で追随してサイへと迫るが、そこへ火の玉が襲う。タキノも結界で防ぐが、他方向からの攻撃により体への着弾を許すこととなる。

それにより速度が緩んだタキノへと更に魔法が襲う。これにはタキノも回避行動に専念せざるを得ず、防戦一方となる。

そこにサイは更にタキノへと火の玉を飛ばすが、タキノは剣に風魔法を纏い、体を一回転させると剣から風の刃を放ち、火の玉を迎撃することに成功する。

だがサイは身体強化でタキノへと迫り、火の玉をいくつも打ち出して休む暇を与えない。

タキノは意を決して身体強化を更に強化させてサイへと迫り、「シッ！」と抜剣！

魔力を纏った剣がサイへと迫り結界を割る。

結界により剣速が緩まったところでサイは剣を掻《か》い潜《くぐ》り、タキノへと肉薄して魔力を纏った拳をタキノの腹へと打ち込む。

「ぐっ！」

タキノは呻《うめ》きながら退《ひ》きざまに蹴りを放ちサイを蹴り飛ばす。

それにより距離が開けたところで、

「この辺で」とコウが止めに入り模擬戦が終了した。

サイは模擬戦終了後も自分の掌《てのひら》を見つめて立ち尽くす。

「やるじゃねえか」

タキノが嬉しそうにサイの背中を叩く。

「うるさい」

サイはぶっきらぼうに答えてお茶を用意しているコウのもとへと歩いていく。

コウは二人にお茶を渡しながら、

「サイ。何かを掴みましたね」

とサイに声を掛けると嬉しそうに頷く。

それを見たコウは笑顔になり、鼻歌を歌いながら軽食を二人に振る舞う。

こいつだけには負け越したくないという想《おも》いで必死に試行錯誤した末の手応えに、サイは照れ隠しをするように「美味い！」と喜びを噛《か》み締めながら、軽食にありつくのだった。

昼がわりに軽食を食べた三人は首都に向かって歩き出す。

頭上では風魔が気持ち良さそうに飛んでいる。

今日も良い天気だ。

その後は模擬戦も行わずに歩き続け、やっと首都が見えてくる位置まで辿《たど》り着《つ》いた。

「あれが首都ですか」

「ああ、そうだ」とタキノが答える。

そのまま歩き続け、門を潜って街に入る。

首都と呼ばれる街は今まで通ってきた街よりは栄えているが、他の国の都市を知っているサイと俺はそうでもないなと心の中で思っていた。

街を歩いていると何やらタキノは不機嫌なようで眉間に皺《しわ》を寄せている。

「どうしましたか、タキノ」

「なんでもねえ」

声を掛けてみるのだが、タキノはぶっきらぼうに答える。

タキノに案内されながらオススメの宿へと向かう。

その道中で、四人の剣士達がニヤニヤしながら近づいてきた。

「おいおい、田舎剣士がなんの用だ」

「邪魔だ」とタキノは言う。

「何をイキってやがる。邪険にするなよ田舎剣士」

四人の剣士達はゲラゲラと笑う。

その四人を無視して進もうとするが、リーダーと思われる男がタキノの前を塞ぐ。

「無視すんなって田舎剣士」

「いいからどけ」

「今、俺達は手持ちが少なくてな。俺らにいくらか用立ててくれないか」

「いい加減にしてくれないか？　ヘボ剣士」とサイが言い放つ。

「おいテメエ！　今なんて言った！」と男が青筋を立てながらサイを睨む。

「なんだ？　ヘボ剣士」

「お前、剣を持っていないところを見ると魔法師か？　魔法師が剣士に勝てるとでも思っているのか？」

リーダー格の剣士がそう言うと、タキノは「ぶっ！」と吹き出して笑いを堪《こら》える。

「テメエ！　何がおかしい」

「剣士が魔法師に勝てるとでも」とサイが言うと、コウとタキノが噴き出す。

それを見た四人の剣士達が抜剣する。

「貴様！　許さん！」

リーダー格の剣士がサイに斬りかかるが、サイはヒョイと横に避《よ》ける。

そこに他の三人もサイに斬りかかるが、サイは全て避け切って、「ヘボ剣士の剣は遅すぎるな」

と言い放った。

剣士達は顔を真っ赤にして雑に斬りかかる。

サイはそれら全てを涼しい顔で避け切る。　剣士達はみな肩で息をしている。

「ハエの方が速そうだな」とサイが煽る。

剣士達は一斉に斬りかかるが、今度は避けずに全て結界で受け切る。

「もう終わりか？　では今度はこちらからいくぞ」

とサイが言うと、頭上に二十の火の玉を浮かべる。

火の玉が襲い掛かると、剣士達は青い顔をして尻餅をつき、目を瞑る。

しかし目を開けると、火の玉は剣士達を囲んだままゴウッと音を立てて浮いていた。

「ヒィィィ！」

剣士達は悲鳴をあげる。　それを見たタキノは、

「チッ！　また魔法の数が増えやがった」と呟き、苦い顔をする。

「これで分かりましたか？　ヘボ剣士さん達」

とサイがニコリと笑いながら言うと火の玉を消し去る。

それを確認した四人の剣士達はすぐに立ち上がり、這《ほ》う這《ほ》うの体《てい》で立ち去る。

サイは振り返り、「田舎剣士ほどではなかったな」とタキノを見て言う。

「ほざけ！」と苦い顔をしながらタキノがプイッと横を向くが、何やら嬉しそうだ。

「ではいきましょうか」

タキノを先頭にして宿へ向かい、三人部屋を取って中に入る。

「夕飯はどうしますか？」と俺が聞くと、

「さっきので疲れたから、ここでコウの飯を食おう」とサイが言う。

タキノも了承したので適当に机の上に唐揚げ、ハンバーグ、ソーセージ、フライドポテト、漬物、卵焼き、サラダなどを出してビールを配る。

三人はタブを開けてビールを呷《あお》る。

「うめえ！」とタキノが言い、それにサイも頷く。

それからは色々とつまみつつ、俺が間に入って話をしていく。

楽しいひと時はあっという間に過ぎ、日を跨《また》ぎそうになる頃に就寝した。

翌日はタキノの案内で街を巡るが特に何もない。

三人で話し合った結果、この国を出て他の国を観《み》に行くことにした。

もちろん、タキノも同行する。もう一泊して翌朝には街を出る事にした。

一週間をかけて道を進むと次の国へと入る。

この国の名前はウの国。

国境を抜けて進むとウの国初めての街へと入る。

この国はイの国よりは大きい。そしてこの街は国境の街として置かれている。

この街の雰囲気はイの国と変わらない。特産物もないし戦略的意味も乏しい。

次の街は鉱山都市に分岐する道があることで栄えているのだとか。

という事で翌朝にはこの街を出発して次の街を目指す。


翌朝、一時間ほど道を進むとサイが反応した。

「コウ、道の両脇に盗賊達がいる。数は……三十か？」

「そうですね、正確には三十二です」と俺は答える。

それを聞いたタキノは獰猛な笑顔で一人、道を駆けていく。

のんびりとサイと俺が歩いていくと、既に三十二人の盗賊達は事切れており、タキノが丁度良い石の上に座っていた。

俺とサイが合流すると三人はまた歩き始める。頭上では風魔が旋回している。

途中でまたサイとタキノの口論が始まり模擬戦へと突入していく。

今回の模擬戦はサイに軍配が上がったらしく、サイがご機嫌で戻ってくるとその後ろから苦い顔をしたタキノが歩いてくる。

俺は二人にお茶を出す。

無言でお茶を飲むとタキノが立ち上がり、何事かブツブツと呟きながら素振りを始める。

一時間もすると何か納得がいったのか、タキノが戻って次の街へと歩き出す。

その後は何事もなく次の街に到着する。

到着したのが夕方とあって、一旦宿に寄り、その後適当な料理屋さんへと入る。

賑《にぎ》わっていてそこそこの料理が出た。

内容はステーキや蒸したジャガイモに塩を振ったもの、野菜たっぷりのスープなどだ。

それにエールを頼んで乾杯し、食事を始める。

サイとタキノはガッツいて食べてステーキのお代わりをする。

俺はゆっくりと味わいながら食べてエールを楽しむ。

すると店の奥にあるステージに楽器を持った者達が上がり、演奏を始める。

陽気な曲が流れ、少しすると客がステージの前で踊り出す。

それを観た客が歓声をあげると祭りのように騒がしくなる。

俺はそんな喧騒を眺めながら、

「平和ですね」

と呟くと、タキノが聞き取ったのか、

「それはつまらねえな」

と言う。それを聞いたサイが笑い、

「まぁ、コウがいると何かしらに巻き込まれるから安心しろ」

とタキノに言うと、俺は渋い顔をしてフラグを立てる。

「今回は何も起きませんよ」


翌日は街を散策する。鉱山都市からの中継地点として栄えるこの街は、鉱山都市から運ばれた鉱石を使った鍛冶が盛んで、装備品の製作まで行っている武器・防具屋が多い。

タキノを先頭にして様々な店を見ていくが、タキノが師匠に譲り受けたという剣に及ぶ物はなく、ガッカリして店を出る。タキノになぜもう一本欲しいかと聞くと、予備としてもあるが二刀を使ってみたいと返ってきた。

「タキノ、私が作りましょうか？」

と聞くと、どんなものが作れるのかと言うので以前に作った剣を見せる。

するとタキノは目を輝かせる。

「コウ、お願いしたい。それで武器屋で聞いた話なんだが、鉱山は金を払えば採掘出来るらしくてな、自分の分は採掘しにいきたいのだが良いか？」

サイにも確認を取り、了承してくれたので鉱山都市へと向かうこととなった。

翌日には鉱山都市に着き、採掘現場を見学する。

そして採掘は翌日にすることにし、この後は宿を取って休むこととなった。

翌朝、外の慌ただしさに目を覚ますと突然鐘の音が響き渡る。

なんだなんだと三人は起き上がって外を窺《うかが》うと、鎧《よろい》を着た多数の兵士達が鉱山都市に侵入しており、建物を壊して住民を追い立てていた。

三人は急いで用意して外に出ると、十人の兵士達に囲まれる。

「其《そ》の方《ほう》らは何者だ」とその中では一番偉そうな兵士に誰何《すいか》される。

「お前らこそ何者だ」

兵士の質問には答えず、俺が逆に質問をする。

「生意気な小僧だ。みなのもの、斬れ」

兵士達は一斉に剣を抜く。それを見たサイとタキノはニヤリと笑い、

「死にたいようだな」とサイが不敵に言い放つ。

「死ね！」と兵士が斬り掛かってくる。

タキノが低い姿勢から身体強化を効かせて前進し、敵の懐に入る。

「シッ！」と抜剣して兵士を上下に別れさせる。

それを見た他の兵士は一歩後退《あとずさ》る。

「ええい、何をしておるか、斬れ斬れい！」

偉そうな奴が唾を飛ばして叫び、それに呼応するかのように一斉に兵士達が斬り掛かってくるが、サイの結界によって阻まれる。それを見たタキノは更に加速して二人目を斬り、三人、四人、五人と斬り倒していく。他の兵士もなんとかタキノを止めようとするも、サイの火の玉の援護に阻まれてタキノは兵士達を蹂躙《じゅうりん》していく。

最後に偉そうな奴を斬り伏せると、タキノは、

「こいつらの鎧の紋章からするとアの国の者達だな」と転がっている兵士達を観ながら呟く。

「アの国の者だとすると、鉱山都市の占領が目的か」

「サイ、これだけではないでしょう。私達の行動を邪魔したのです。やってしまいますか」

と言うとサイとタキノはニヤリと笑い、アの国の者が侵入して塞いでいるであろう街の入り口を目指す。この都市は鉱山に囲まれており、入り口は街道に面した一箇所しかない。タキノの説明では、アの国の者達は鉱山を迂回《うかい》して入り口を塞いでいるのではないかという予想だった。

俺達は並んで歩き、鉱山の入り口を目指す。

歩いているとタキノが喋り出す。

「こんな事は二十年近く起きてないと聞いていたんだがな」

「ははは、コウがいるからな」とサイが笑いながら話す。

俺は肩をすくめて、

「偶然ですよ偶然」と力なく言うと、サイとタキノは笑う。

入り口が見えてくると、そこを塞ぐように兵士達が千人以上布陣していた。

その奥には豪奢《ごうしゃ》な鎧を着た者が二人と、それを守るように囲む黒い鎧を着た者達が三十人ほどいる。

三人を見つけた兵士が、

「止まれ！　何者だ！」と言うが、タキノは構わず身体強化をして走り出す。

それを見たサイも身体強化をして追随する。俺はゆっくりと歩いていく。

物凄い速さで走り寄るタキノに気がついた兵士達が槍を構えるが、タキノは構わず突っ込んで槍を剣でかち上げ、さらに加速して突っ込んでいく。

タキノは剣を振るい、バッタバッタと兵士を斬っていく。兵士達もやられまいとタキノを囲もうとするが、タキノの後ろから来たサイの魔法攻撃に妨害されてタキノの進撃を妨害することに失敗する。

兵士の中央部が崩れると、豪奢な鎧を纏った二人を守る黒鎧達がタキノの前に立ち塞がる。

その者達は精鋭のようで先ほどのようには進まず、タキノは足を止められるが構わず剣を振るう。

サイは兵士達を無力化していき、タキノの近くまで行くとタキノの支援を始める。

左右から黒鎧が斬りかかるも、サイはタキノを守るように結界を展開して防御する。

「すまねえ！」とタキノが振り返らずにサイに言うと、サイはニヤリと笑い、

「貸しだぞ」と一言呟く。

「チッ！」

タキノは舌打ちをして黒鎧達を斬り倒していく。

黒鎧の数が五人にまで減ったところで、豪奢な鎧の男が前に出てきた。

「我をアの国の第二皇子と知っての狼藉《ろうぜき》か！」

「知らねえなぁ」

男の言葉を遮るように、タキノは黒鎧どもを殲滅《せんめつ》することに成功する。

サイも追いつき、タキノの横に並ぶ。

俺はまだゆっくりと歩きながら進み、襲ってくる兵士達を地面に穴を開けては落として首だけ出して埋めていく。

「遅えぞコウ」

タキノが剣を突きつけて豪奢な鎧の二人と対峙《たいじ》しているところへやっと追いつく、

「タキノが早すぎるんですよ」

「こいつらどうする」

豪奢な鎧の二人に目を向けたままタキノはそう言う。

「殺そうか」

とサイが言うと、豪奢な鎧の二人は体をビクッとさせる。

「それは後で面倒になりますから、ウの国の者が来たら引き渡しましょう」

俺がそう提案すると、豪奢な二人は安堵《あんど》する。しかし……。

「じゃあ、逆さに吊《つ》るしておくか」

「手足を斬って動けないようにしましょうか」

タキノとサイの容赦ない言葉に豪奢な二人は顔を青くする。

コウ、サイ、タキノの三人は生きている兵士達を集めて縄で拘束して転がしている。

もちろん、豪奢な鎧の者二人も同じく縄で拘束して転がしている。

数時間が過ぎた頃、ウの国の兵士が慌てたようにやってきて、現状を確認する。

そこにウの国の兵士を束ねる者が、俺達の前に現れる。

「すまんが、お主達がこの者達を捕らえたのか？」

「はい、突然襲われたので反撃して一部拘束しました」

「うむ、助かった。見たところ旅の者か？」

「はいそうです」

「事情が確認でき次第にはなるが少しばかり褒賞がでる。それまでこの街に残っていてほしい」

「はい、私達も採掘を目的に来ているので、採掘でもして時間を潰します」

そう答えて俺達は鉱山へと向かう。

鉱山では採掘料を払い、鑑定を使って効率良く鉱石を採掘し、剣を二～三本製作出来るくらいの量が集まったので宿へと戻る。

宿でダラダラとしていると、先ほどのウの国を束ねる人がお偉いさんとともに来て、褒賞が入った革袋を置いていった。

これで用事は済んだが、夕方近くなのでこの日は移動せずに宿に泊まることにする。

俺はタキノの要望を聞きながら剣を製作していく。

サイとタキノは、俺が鉱石から鉄や微量のミスリルを中空で抽出する様子を口を開けて見ている。

徐々に形となり、一瞬光ると刀身が完成する。

波紋が細かく入り、反った刀身はいかにも切れると主張している。

ミスリルが混ぜられた鉄は鈍く光り魔力を薄く纏う。

それを見たタキノは唾を飲み込む。

「これは剣か？」

「これは刀と言います。タキノが今使っている剣が叩き切る剣なら、この刀は切れ味が鋭くスパッと斬るような剣です」

俺は刀の拵《こしら》えを作って完成させる。

完成した刀をタキノへと渡す。

受け取ったタキノはスラリと鞘から刀を抜き、部屋のランタンに翳《かざ》す。

翳した刀はランタンの淡い光を受けて波紋が光る。

「綺麗《きれい》だな」とサイが思わず呟く。

「ええ、私が作った物の中でも大成功の部類です」

そして俺は、収納から木を取り出して木刀を作る。

「タキノ、練習にはこれを使ってください。その刀とほぼ同じ重さです」

タキノは刀を鞘にしまって壁に立てかけると、木刀を受け取って重さを確かめる。

「ああ、これはいいな」

タキノはそう言ってすぐさま部屋を出ていく。

「ふふ、タキノは元気ですね」

「俺はタキノの気持ちが分かるような気がするよ。使いたくてしょうがないんだろう」

とサイが微笑《ほほえ》む。

「サイ、一杯飲みましょうか」

机にビールとツマミを出して二人で乾杯をする。

一時間もするとタキノも戻り、三人で飲んで日を跨ぐまで騒いだのだった。


翌朝には宿を出て旅に戻る。

鉱山都市を出ると風魔が肩に止まり、頭を擦《こす》り付けて甘えてくる。

「風魔、構ってやれなくてごめんなさい」

風魔の頭を撫《な》でる。少しすると風魔も気が済んだのか羽ばたいて上空を旋回する。

今日も良い天気だ。

ウの国を抜けること数日、次の国に入る。

この国はマの国だ。この周辺では比較的大きな国で活気もあるという。

「タキノ、そういえば馬を見かけませんがどういう事なのですか？」

「ああ、馬か。馬は貴重でな、国でも相当偉い者でないと持つことは出来ん」

そこへ、ゆっくりと荷馬車を牽引《けんいん》する牛が目の前を通る。

「荷馬車を引いてるのは、あの灰色の牛なのですね」

「そうだ、あれはグレーカウと言って元は魔獣だったらしい」


マの国も数日で抜け、海に面した国、ガの国に入る。

ガの国の港へと向かい、数日後に海が見えてくる。

キラキラ光る海面を高台から眺める。眼下には港町が広がり風に乗って潮の香りがする。

「もう少しですね。いきましょうか」

三人は港町へと歩いていく。


港町に入る。なかなか活気のある町だ。

ここへ来てから気になっていたことがあり、タキノに声を掛ける。

「タキノ、何か悩み事でも？」

「いや何もないぞ」と横を向きながら答える。

「腹が減ったか、タキノ」とサイが笑いながら言う。

「違うわ！」と返すが元気がない。

サイも気にしているようだ。
宿を見つけて部屋を取る。三人部屋だ。
夕飯までには時間があるので町を散策することとなった。
店を覗きながら歩く。時折、何か買っては収納していく。
食材や調味料を買うことが多い。
サイは魔導具を見ては唸《うな》っている。タキノは基本、武具を見ている。
そんなことをしていると日が傾いてくる。
「タキノとはここでお別れですね」と笑って言う。
「ああ、護衛も終わりだな」
「俺ら二人に護衛が必要だったかは分からんがな」とサイは苦笑する。
「だが楽しかったな」とタキノも笑いながら言う。
「そうだな」とサイも笑って、夕日を見ながら歩く。

翌朝は早く起きて朝市を見にいく。
そこら中に新鮮な魚介類が並び、俺は目の色を変えて片っ端から買っていく。
タキノは欠伸《あくび》をし、サイは俺の様子を見て呆れている。
三人は各々好きな魚介類を出店で食べている。
俺は焼き魚、サイは魚介のスープ、タキノは肉串。
お腹《なか》を満たすとゆっくりと市場を見ながら歩き出す。

この日も良い天気で雲一つない。

港に着くと適当な場所に腰を下ろして海を見る。海面が朝日を反射してキラキラと光り、ゆっくりとした時間が流れる。誰ともなくくだらない話をして笑い合う。

俺はビールを取り出して二人に渡し、乾杯をする。

プシュッとタブを開ける三つの音が、小気味よく重なる。

「美味いな」とサイが呟く。

その横でタキノが目を細めながらビールを飲む。

俺もゴクゴクとビールを飲んで海を眺める。

しばらくすると上空から「キュウ」と言って風魔が俺の横に降りてきた。

風魔を撫でながら、なるべくゆっくりとビールを飲む。

「良い天気でよかったです」

「ああ、嵐に巻き込まれるとしんどいからな」とサイが顔を顰《しか》める。

タキノは二本目のビールをちびちび飲んでいる。

海から吹く風が三人の髪を撫でるように揺らす。そっと、柔らかな風がどこまでも。

サイも二本目のビールを開けて飲み、「ふう」と息を漏らす。

俺は収納からナッツ類を取り出してビールと一緒に食べる。

そこにサイが手を出してナッツ類を頬張《ほおば》る。

それに気が付いたタキノも手を出して、ナッツ類をガリガリと食べてビールを飲む。

「美味いなぁ」とタキノは呟きながらビールを飲む。

三人とも二本目のビールを飲み干したところで、俺は腰を上げる。

「そろそろ行きましょうか」

港の先へと歩いていく。その後ろにサイとタキノも続く。

収納から船を取り出す。

「タキノ、世話になりましたね」

「いや、俺の方こそ世話になった」とそっぽを向くタキノ。

「そうだ世話したぞ」とサイが笑いながら言うものの、

「うるせえよ」とタキノは力なく返す。

俺とサイが船に乗り込む。

「さようなら、タキノ。またどこかで会えたらみんなでご飯でも食べましょう」

「死ぬんじゃねえぞ」とサイが笑いながら言う。

「死ぬか！」

タキノが怒りながら返すが、どこか力が無い。

船が港を離れていく。タキノは踵《きびす》を返して町へと歩いていく。

タキノはふと振り向くと、二人を乗せた船がゆっくりと離れていく。

船の上には既に二人の姿は見えない。

タキノは空を見つめると、何かを決めたかのように船に向かって走る。

身体強化を使って、更に身体強化を重ねる。

港の突端まで走ると船に向かってジャンプをする。

グーンと唸りを上げながら空中を跳ぶ。上空で風魔が鳴く。

「キュウ！」

その鳴き声にサイが反応して船尾に出ると、跳んでくるタキノを見つけて目を丸くする。

船まであと少しで届きそうなところで、タキノがボチャーンと海に落ちる。サイは急いで操船しているコウに船を停めるように言うと船尾に戻り、泳いでくるタキノに手を差し伸べる。

タキノを引き上げるとコウも船内から顔を出し、

「久しぶり」とタキノに笑顔で言う。

「初めから一緒に来れば良いものを」とサイが言うと、

「うるせえよ」とタキノが照れながら言ったところで三人は笑い合う。


俺達三人は、船から飛空艇に乗り換えて空を飛ぶ。

タキノは初めのうちは喜んでいたが、時間が経《た》つにつれて変わらぬ景色に飽きてきたようだ。

「タキノ、そういえば何であの時ジャンプしたんだ？　海の上に結界を張って走って追いかければよかっただろう」

サイに聞かれたタキノはポンッと手を打つと、螺旋《らせん》階段を上って飛空艇の天井デッキに出る。

そして結界を張って走り出し、今では飛空艇の横を身体強化をして結界の上を走っている。

俺はデッキに上がるとマットを敷いて横になり、古代書を読む。風魔も横で休んでいる。

「よい心地ですね」

収納からグラスを取り出して氷を入れ、冷たいオレンジジュースを注いで飲む。

「美味い」

再度古代書に目を落とす。少しすると風魔が顔を上げて「キュウ！」と鳴くと、不意に飛び立つ。

何事だと顔を上げると、
うあぁぁぁぁぁぁ！」とタキノの声が遠ざかる。

ハッとして飛空艇の横を見るがタキノの姿はない。思わず飛空艇から飛び出す。

タキノは慣れからか、集中力が散漫になって結界を張るのが遅れ、踏み外して空中に投げ出されて降下していた。何とか姿勢を制御するが減速する術がない。そこに風魔が現れて風魔の風魔法で落下速度が落ちる。俺が追いついて結界を張って落下を止める。

タキノは結界の上で大の字になって荒く息をしている。

しばらくして落ち着いたのか、

「すまん、コウ」と謝罪する。

俺は笑いながら、

「ふふふ、良いですよ」と言って結界を動かし、飛空艇に帰還する。

ことの顛末《てんまつ》を聞いたサイはソファーの上で腹を抱えて爆笑する。

「ははは！　タキノ！　笑わせるな」

「う、ウルセェ！」と返すが、声に力は無い。

日が暮れて飛空艇は雲の上にて停船している。

俺達は夕食を終えて風呂に入り、就寝する。

俺は自室で寝るが、自室を与えられたはずのサイとタキノはなぜか二人ともソファーで寝ている。

その日俺は眠れず、自室を出てサイとタキノが寝ているソファーの近くまで行くと二人を確認し、設置したバーカウンターに座る。

収納からショットグラスを取り出して氷を入れ、ウィスキーを注ぐ。

トクトクと注がれた琥珀色《こはくいろ》の液体は氷を溶かして液体が濁る。

それを一口。

「美味いな」

チラッと寝ている二人を見て視線を元に戻し、今までの事を振り返る。


ふぅと息を吐いてグラスに目を落とす。

この世界に来た時は本当に余裕が無かった。

死んだかと思ったら神らしき者と会い、問答無用で異世界に投げ込まれた。

本当に何も分からなかった。何も。

ここはどこなのか？　水は？　食料は？　魔法とは？　生きていけるのか？

何もかもが手探りだった。

何とか魔法で水を手に入れ、食べられる物も分かるようになって、検証して色々と出来るようになり、聖域の結界間際に行くと絶望した。

あんな怪獣どもに勝てるわけがない。でも肉が食いたかった。

そして何とか危ない時もあったが、肉を手に入れることに成功した。

そこでグリフォンと出会い、人が住む場所へと送ってもらったが、この世界にとって人の命の価値は低かった。

人は簡単に死ぬ。

相手が魔獣だったり盗賊だったり。人も簡単には信用出来なかった。

そして俺は心が壊れたんだと思う。少しずつ思考も変わっていった。

人をあまり信用せずに敵対する者は殲滅した。残せば禍根を残し仕返しに来ると思ったからだ。

そんな時に銀狼《ぎんろう》の咆哮《ほうこう》の三人やマリオさんと出会った。

この人達は良い人だったのだが、俺の心は冷えたままだった。

本当に申し訳ない気持ちだ。今なら分かる。

かなりの心配を四人に掛けて、みんなは俺の事をかなり気に掛けてくれていた。

俺はそこから目を逸らし、物作りに逃避した。

たしかに物作りは楽しかったが、ただ単に現実から逃げているだけだった。

そんな俺が変わってきたと思うのは、大陸を飛び出して別の大陸の旅での獣人やドワーフと関わり、レオンやエイダイとの出会いと別れ、魔導国では趣味の合う奴らと物を作って語り合った。

そしてサイと出会い、行動をともにするごとに語り合い、少しずつだが心が解放されていった。

旅を続けて今度はタキノと出会い、旅をして取り止めのない事を夜遅くまで語り合った。

今なら分かる。

壊れそうになった俺はみんなに癒やされて、心が元に戻りそうだと。

本当に感謝しかない。

リンドルンガに帰ったら、銀狼の三人やマリオさんは今の俺を見てどう思うのだろうか？

少し楽しみだ。


数日を掛け、飛空艇で空の旅をしている。その中でサイとタキノは飛空艇の操縦に興味を持ったらしく、現在は交代で操縦の訓練をしている。

今操縦しているのはタキノのようだ。

「コウ！　陸地が見えるぞ」

タキノが声を上げる。

俺とサイが駆けつけると目の前に大陸が薄《うっす》らと見える。

「着きましたか。ではタキノ、海面スレスレまで降下してください」

「了解だ」

タキノは嬉しそうに操縦して飛空艇を降下させていく。

しばらくすると海面へと近づき、飛空艇を停止させて収納から船を取り出すと、三人で乗り移って飛空艇を収納する。

「では行きましょうか」

俺は船を操船して海岸線へと辿り着き、港がある場所を探しながら海岸線を横に見て移動する。

しばらく移動すると小さいながらも港が見えてきた。

その港に船で乗り付け、降りて船を収納する。

「人がいねえな」

「何やら寂れていますね」

辺りを見渡して歩き始めるとサイとタキノも後に続く。

港を抜けると村に入るが、ここも人気《ひとけ》が無い。

「あちらに道がありますね。行ってみましょうか」

「とりあえず行こう」とサイが言うとタキノも頷く。

道に出ると、道の状態はそれほど悪くない。どうやら村は最近になって放棄されたようだ。

道を進む。

半日ほど歩くと日が傾き、野営をすることにする。

適当に開けた場所で焚き火して、夕食の準備をする。

タキノとサイは適当な場所でマットを敷いて寛《くつろ》いでいる。

「準備出来ましたよ」

そう言うとタキノとサイが起き上がり、夕食を受け取って食べる。

今日の夕食はボアハンバーグ弁当。もちろん、ビール付きだ。

「久々の陸地は落ち着くな」とタキノが言うと、

「ああ、安心する」とサイも言う。

焚き火を見ながら目を細めてビールを飲む。

「ふふふ、地に足がついていないと落ち着きませんか？」

「そうだな。落ち着かねえな」

サイもそれに頷く。

「流石《さすが》に何日も海や空の上だと体が鈍《なま》るな」

「では宇宙には行けませんね」

「ウチュウって何だ？」

俺は星が輝く頭上の空を指さす。

「空のもっと上ですよ。そこには考えられないほど広い空間が広がっています」

「それはどんな場所なんだ？」とサイが質問してくる。

「今私達が立っているのは星です。丸い球体です。その星がいくつも存在しています。ほら見えるでしょう？　星が輝いています。あの光の一つ一つが星です」

俺は夜空を見上げ、タキノとサイも夜空を見上げる。

「行けるのか？　あの場所に」とサイが聞く。

「はい、行けますよ。私はこの大陸を見た後に行こうと思っています」

「面白そうだな」とタキノがニヤッと笑う。

「タキノはまた落ちるなよ」

「うるせえ！」

「宇宙か。どうやって行くんだ、コウ」

「それはまだ秘密です」と俺は笑う。

翌朝、三人が三時間ほど道を歩くと村が見えてくる。

煮炊きの煙が上がっている事から人がいるのは間違いない。

「どうやら今度は人がいるようですね」

「ああ、そうだな。楽しみだ」

第十五章　ドワーフの少女ルカ

村に着くと村人達《たち》が一斉にこちらに向く。

そして外で遊んでいた子供達は焦ったように家に入り、大人達もすぐに家の扉を閉ざす。

村の中に入って行くが誰も出てこない。

参ったな。

仕方がないので村を後にする。

「なあコウ。何か変だよな」とタキノ。

「ああ、俺もあれは異常だと思う」とサイも同意する。

「そうですね。あれでは何がどうしてなのかも分かりませんね」と俺は後ろを振り返って答える。

「まぁ、次の村か町に急ぎましょうか」

俺達は道を急いで歩いていく。

翌日の昼には次の村に到着する。

村に入ると村人達は珍しいものでも見るようにこちらを窺《うかが》ってくる。

だが村人達が前の村のようにすぐに家に隠れるような事はない。

そんな中から、一人の老人が声を掛けてくる。

「あんた達はどこから来なさった」

「俺らか？　俺らは海を越えてきた」とタキノが答える。

「なんと！　海を越えて来なさったか」

その老人は細い目を大きく開ける。

「ああ、それで聞きたいのだが、前の村でな……」と言おうとしたところで老人が、

「そのことじゃがの。この辺の村は閉鎖的での、中央に近づけばそうでもないんじゃが、この辺はダメじゃな」と困った顔をする。

「どうしてなのですか？」

「ここらにいる者らはの、中央から追い出された者達なのじゃよ。悲しいことにな。特にの、その村は中央にいた時は羽振りが良かったそうなのじゃが、政争に敗れて一族郎党や取り巻きを含めてこんな辺境に追いやられてな。それで人を信用できなくなって我らの村とも交流がないのじゃ。困ったことじゃて」

「そういえば、港の村に人は居ませんでしたが」

「うむ、人があまりにも少なくなって、この村が吸収したのじゃよ。まだこの村の方が塩害も少なく農地を広げやすいからの」

それからこの老人が村長だと分かり、今夜は村長宅に招かれて泊まることとなった。

その中でこの大陸の事を教えてもらった。

中央にあるのはマグノリア聖教国。創造神を崇《あが》める宗教の教義を国家運営の軸に据えた宗教国で、教皇が国を治めているという。

聖教国の民は上級民とされ、聖教国を囲むようにある州の民は第二級民とされている。そして、第二級の民は教国に入ることが許されない。

更に州の外にある地域は第三級民地区とされ、その第三級民の外に住む地域は最下級の者達が住む外界地域とされている。この村も外界の地域に含まれている。

俺達は聖教国に入れるか村長に聞いたところ、海を越えてきたことを証明出来れば可能だと教えてくれた。ナブの解析だとあの転移の魔法陣を使ったのは聖教国だと判明している。それを追及するためにも、聖教国に入れるのはありがたい。


翌日には村を出て第三級民地区を目指す。

それから数日をかけていくつかの村を通り、第三級民地区に入るための関所に辿《たど》り着《つ》いた。

関所で尋問されたが、俺が他の大陸の国の貴族である証《あかし》を見せて難なく通過することが出来た。

サイとタキノは護衛の魔法師と剣士として通過した。

それから二つの村を過ぎて第二級民地区に入る前の村に着いた。

「おい、忌々しい奴《やつ》め！　何でお前が道を歩いているんだ！」

ドワーフの男がドワーフの少女に怒鳴っている。

少女は身を縮こまらせて怯《ひる》んでいる。

「さっさと目の前から消えろ！　このガキが！」

ドワーフの男が拳を握って少女に殴りかかろうとした寸前、タキノがドワーフの男の腕を摑《つか》む。

「大の大人が少女を殴るなんてのはいただけねえよ」

「くっ！　煩《うるさ》い！　人族の血を引いたドワーフを虐げて何が悪い」

ドワーフの男はタキノに怯みながらも喚《わめ》く。

「私の知っているドワーフはどんな人族とも仲良く物作りをしていますが、あなた達はその誇りも何もないようですね」

俺はドワーフの男を睨《にら》む。

「離せ！　こいつを庇《かば》うのか！」

タキノを振り切ってこちらへ殴りかかろうとするが、

「させんよ」とサイが結界を張る。

ゴギンと男の拳が結界に阻まれて男は拳を押さえて蹲《うずくま》る。

男は拳を擦《さす》りながらこちらを睨んでくるので、俺は結界で抑えている魔力を解放すると、男は尻餅をついて股間にシミをつくる。

「ヒイイイ！」と言って後退《あとずさ》り、泡を吹いて気絶する。

タキノとサイは呆《あき》れた様子で男を見て俺のもとに集まる。

「あのう、あ、ありがとうございます」

少女が頭を下げてお礼を言ってくる。

「良いってことよ」とタキノが答える。

「そういえばお腹《なか》が空《す》きましたね。この辺で何か食事が出来る所を知りませんか」

「えっと良ければ、私がお世話になっている宿の一階の食堂はいかがですか？」

と言うのでその食堂に案内してもらう事にした。


宿に着くと、女将《おかみ》さんと見られる女性が少女を怒鳴る。

「ルカ！　お前何フラフラしているんだい。とっくに昼時だよ。早く店を手伝いな」

「俺らがこの子にここまで案内してもらったんだが、何か問題でもあるのか？」

タキノが女将を睨む。

「い、いえ……！　問題なんてありませんよ」

女将は目を逸《そ》らして俺達三人をテーブルに案内する。

「どうやら女将もドワーフでしたし、ここはドワーフの村のようですね」

「たしかにドワーフだが、知っているドワーフ達とは違うようだな」

「ああ、違うな」

タキノとサイがそう言いながら、女将に小突かれながらも慌てて用意をする少女を見つめる。

食事を終えたが、これがまた不味《まず》かった。

サイとタキノは顔を顰《しか》め、ひと口食べただけでフォークを置いた。

「無理だ」とサイが呟《つぶや》き、タキノもフォークを置く。

それを見た女将が聞いてくる。

「口に合わないかい？」

「あまりに不味いので」と俺が言う。

それを聞いた女将は顔を顰めて奥に引っ込むと、料理を作ったと思われる男が女将とともに出てくる。

「お前らか、俺が作った料理を不味いと言ったのは」

「こんな不味いものは初めて食った」と顔を顰めるサイに続き、

「本当に吐きそうだ」とタキノも苦い顔をする。

「俺は中央でも名高いレストランで修業してたんだ、俺の作った料理が不味いわけないだろう！」

「お前、本気で言っているのか？」とサイが言い、

「こいつ舌がおかしいんじゃないか」とタキノが男を馬鹿にしたように言う。

「ふざけんな！　それならお前らが何か料理を出してみろ」

男がそう言うとサイとタキノはこちらを見る。

俺は溜《た》め息《いき》をつくと収納からボア丼を取り出す。

「とりあえずコレを食べてみてください。あなたの料理よりはましです」

するとボア丼の蓋を開けてレンゲで一口食べて固まる。

「こ、これは」と言って動き出し、残りを食べ切る。

「すまんかった。俺はこんなに美味《うま》い物を食った事がねえ。どうやったらコレが作れる」

「これは以前私がいた街では誰でも食べられる物でして、大した物ではないですよ」

「これが誰でも食べられる……」

男は絶句してしまう。

それを見ていた女将とルカと呼ばれた少女も近くに来たので、二人にもボア丼を食べさせてみた。

それを食べたルカは、「美味《おい》しい」と目を輝かせて完食した。

そんなこんなで今日のところはその宿に泊まり、翌朝に第二級民地区へと向かうことにした。


朝になり宿を出て村を出る。

すると少女ルカが鍋を被《かぶ》り、背中には大きな風呂敷を担ぎ、右手にフライパンを持って、

「私も連れていってください！」と頭を下げる。

三人は、お互いの顔を見合わせて困る。

「私達の旅は簡単なものでもないですよ？」

「はい、構いません！」

「どうしましょうか」

俺はサイとタキノを見て聞いてみる。

「いいんじゃねえか」とタキノが言い、

「ここにいても良い事もないだろうし」とサイも言う。

「そうですか、分かりました。一緒に旅をしましょうか」

「ありがとうございます！」とルカはお辞儀をする。

「では行きましょうか」

こうして四人は第二級民地区の門へと向かう。


第二級民地区には簡単に入ることが出来た。

俺が他国の貴族でサイとタキノが護衛でルカは付き人として入った。

そして、俺の提案により、ルカに自衛のためにも数日掛けて魔法を教える事になった。

まずは無属性魔法の結界から始め、属性魔法や無属性魔法の応用にまで及んだ。

その結果、ルカは特に無属性魔法を習熟し、強固な結界が張れるようになった。

属性魔法も火、水、風、土の四属性が使えるようにはなったが、攻撃魔法は得意ではなく回復魔法といった補助魔法に才能を現した。

特に才能を発揮したのは無属性魔法による解析だ。

なんとルカは無属性魔法により相手の張った結界を解析して、その結界を中和することが出来るようになった。その結果……、
ゴン！　ゴン！

「痛えな！」

「何すんだ！」

　タキノとサイが頭を押さえて蹲る。

「何すんだはないでしょう！　料理をつまみ食いするからじゃない！」

　ルカは右手にフライパンを持ち、二人に説教する。

　これも後で分かった事だが、ルカの年齢は俺はもちろんの事、サイやタキノよりも年上だった。人族よりも長命なドワーフの血を引いているせいか、若く見えていただけのようだ。

「くっ！　あいつ簡単に結界を抜いてきやがる」とタキノは頭を擦り、

「こうも簡単に結界を破られると、自信をなくすな」とサイも頭に手を当てる。

　ルカは気を取り直し、結界で作ったキッチンで料理をする。

　俺からの指導も加わりルカはかなりの料理の腕前となっている。

　食事の後、俺は三人に話をする。

「ルカもだいぶ魔法の腕が上がりましたし、そろそろ旅を再開しましょうか」

　三人は頷《うなず》く。

　翌日、ルカの魔法を鍛えるためのキャンプ地を引き上げて、第二級民地区の街道を中央に向かって歩く。時折、風魔が上空を旋回して辺りを警戒している。

　半月を掛けて街道を進み、マグノリア聖教国への入り口となる門へ辿り着く。

俺達は第二級民地区に入ったように簡単に入国を許可された。

門を抜け街並みを見る。

「これはかなり栄えていますね」

「そうだな、今まではかなり違うな」とサイが答え、

「いろんな人種がいるみたいだな」とタキノが辺りを見渡しながら言う。

「………」ルカは俺の後ろに隠れて辺りを警戒している。

「まずは宿を取りましょう」

良さそうな宿を探すと、小綺麗《こぎれい》でセンスの良さそうな宿が見つかる。

三人部屋が一つと一人部屋を一つ借りる。

俺は部屋に入ると、多くの人が歩く窓の外を見る。

「明日からはどうしましょうか」と呟くと、

「例の件を調べるのか？」とサイが聞き、

「魔法陣が何たらという件か？」とタキノが言う。

「そうですね。まずは教会を調べましょうか」

そう俺が言うと、二人は頷く。

第十六章　マグノリア聖教国の真実

翌朝、宿を出て近くにある教会を目指して歩く。

「コウ、付けられているな」

「ああ、四人か」

「気にせずに行きましょう」

そのまま教会を目指す。

そしてこの地区にある教会の支部に入る。するとすぐに神父が寄ってきて対応する。

「お祈りですか？」と神父が聞く。

「いえ、神に祈っても何もないのは知っているので」と素気無《すげな》く対応する。

「そ、それは聞き捨てなりませんね」

「あなたは神に会ったことがありますか？」

「大聖堂では神の声を聞く者がいます」

「そんな嘘《うそ》は聞きたくありませんね」

「では、あなたは神に会った事があると言うのですか？」

「ええ、ありますよ。二度ほどね。だからあの神が大聖堂ごときに考えを下ろすということが考えられないのですよ」

「なんてことを!!」

神父も驚くが、サイとタキノとルカも驚く。

そこへ付けてきた者達《たち》が教会に入ってくる。

「コウ！」

サイが声を上げると神父は奥へと避難する。

ローブを着た者達が俺達に襲い掛かる。

それを俺とサイがすかさず拘束していき、タキノは外の様子を窺《うかが》いながら待機している。ルカは結界を張って防御に徹している。

俺は闇魔法で拘束した者達の思考を辿《たど》る。

「なるほど、分かりました。この者達は教皇の指示で動いている連中で、転移の魔法陣もこの者らが使っていたようですね」

俺は憐《あわ》れむようにローブの者達を見る。

「どうやら従属の魔法を受けているようです」

一人のローブを剥《は》ぐとそこには禍々《まがまが》しい魔法陣が体に刻まれている。その魔法陣に手を当てて魔法を行使して魔法陣を消し去る。

ローブの男は気を失って崩れ落ち、他の三人にも魔法を行使して魔法陣を消し去っていく。

「大体の事情は分かりました。大聖堂へ行きましょうか」

「囲まれているな」

サイとタキノとルカに伝えて教会を後にする。

「二十人はいるか」

それも気にせずに俺達は大聖堂へ向かって歩く。

三十分ほどで大聖堂の前に到着し、中に入っていく。

「お待ちしておりました」

大聖堂の中に入ると、司教の一人が挨拶してきた。

「悪の総本山にしては緩いですね」と笑顔で言うと、

「いいえ、我々は真摯に神に祈るだけですから」と司教が言う。

「かなりの数の罪なき人を殺しておいて、その上での平和ですか？」

問いかけると、司教の顔色が変わった。

「我々が人を殺《あや》めていると言うのですか？」

「ええ、転移の魔法陣を使い、ローブの者達に従属の魔法陣を刻んでね」と冷たく言い放つ。

「ぐっ、そ、それは」

司教が言《い》い淀《よど》むと奥の扉が開かれて、司教よりも豪奢《ごうしゃ》な衣装を纏《まと》った者が俺達の前に現れた。

「これはこれは、神に会ったと騙《かた》る者達ですか」

「はい、この者達が神に会ったこと事があると言う者達です。教皇様」

「私は神に仕える教皇です。私は神の声が聞こえます。神に会った事がある者など聞いた事がありません」

教皇は悲しげな顔で言う。

「ははは、あの神がお前のような似非《えせ》教皇に話をする？　何の冗談だ」と俺は笑いながら言う。

「何と不敬な者達でしょう！　神の名を騙り、そして不敬な態度をとるとは！」

「お前らの方が神を騙り、人類の文明の進化を遅らせた原因だろうが！　まぁ、もう転移の魔法陣は使えないがな」

「な、何を言うか！　我らがしてきたことは神の望んだことだ！」と教皇が叫ぶ。

「では聞いてみようか？　神の眷属《けんぞく》に」

俺はそう言うと、全身を覆っている結界を解除して、その濃密な魔力を辺りに放出する。

「「「「!?」」」」

教皇と司教は膝を突き、サイ、タキノ、ルカは結界を張って防御をする。

すると大聖堂のステンドグラスを壊しながらグリフォンが現れた。

《コウ、何用だ》

グリフォンがそう言うと教皇と司教は固まり、サイ達はあんぐりと口を開ける。

「こいつらが神と交信出来るとか言っていてね」

《ブハハッハハ、そんなことはあるまい。あの神がたかが人に言葉を下ろすと？　ブハハハ、何の冗談だ》とグリフォンが笑う。

そこでグリフォンは真面目な顔になり、《ここは臭うな》と辺りを見渡すと何かに気付いたのか、その大きな体躯《たいく》を駆り、扉を壊して進む。

グリフォンが辿り着いた先には巨大な魔法陣が地面に描かれている。

《こんなものがまだあったとは。かなり厳重に隠蔽されていたのだろうが》

グリフォンは呟《つぶや》き、魔法を行使。一瞬でその魔法陣は掻《か》き消《き》えて周囲の建物も破壊される。

そして教皇と司教は膝を突き絶望の顔をする。

「そ、そんな……」と教皇は呟く。

《こんな魔法陣が今まで野放しになっておったとは》

「この魔法陣はどんな効果が？」と俺が聞くと、

《人の魂を溜《た》め、人の寿命を延ばすための禁忌の魔法陣じゃよ》とグリフォンが言う。

「ではこいつらは意図的に戦争を起こして罪なき人を殺め、自分達の寿命を延ばしていたのか」

教皇は立ち上がり、グリフォンとコウ達を見る。

「馬鹿な、これでは私達の寿命が終わってしまう。お前らだ！　お前らが元凶だ！　何が神の眷属だ！　神に会った事があるだと!?　そんなもので我々が築き上げて来たものを破壊するとは！　愚かだ！　あまりにも愚か過ぎる！」と教皇は激昂《げきこう》する。

《それは偽りのものだ。人の命の上に成り立っていた虚構。それに人類が築き上げて来た文明を幾度も破壊したお前達の罪は重い》

教皇はグリフォンを睨《にら》みつける。

「くっ！　まだだ！　まだ終わってはいない！　ははは！　ここにいい生贄《いけにえ》どもがいるではないか！　司教よ！　こうなっては仕方ありません。最後の切り札を切るとしましょう！」と両手を広げて教皇は司教に言う。

「はっ！　畏《かしこ》まりました」

司教は懐に手をやり、拳大の魔石らしき物を手に持つと腰にあったナイフを引き抜き、自分の喉元に当てかき切る。

「グフッ」

司教の喉から血が流れ、その血が魔石らしき物を濡《ぬ》らすと光り出す。

《まだそんな物があったか》

「あれは？」

俺がグリフォンを見て問いかける。

《あれも古《いにしえ》に作られた最悪の物だ。異界から異形を呼び出す。そしてその異形は人々を殺し続けて最後にその魂を喰《く》らい、その魂を召喚した者に与えるという代物よ》

グリフォンは光り輝く魔石らしきものを忌々しそうに見る。

そこで魔石らしき物が大きく輝きを増したかと思えば、収束すると教皇が近づいてその魔石らしき物を手に取る。

「ははは！　出《いで》よ！　そしてこの愚か者どもを喰らうのだ！」と教皇は叫ぶ。

すると教皇の頭上の空間にヒビが入り、パリーンという音とともに空間が割れると黒く禍々しい足が出て、更に空間を押し広げるとその体軀を現す。

体高は六ｍ、全身は真っ黒で目だけが赤く、頭部には角が二本生えている。

その異形がグリフォンを見ると、その大きく裂けた口の広角を上げる。

《いけるか、コウ》とグリフォン達を見ると、グリフォンは異形から目を離さずコウに聞く。

「いけます」と俺も異形から目を離さずに答える。

《後ろの者達は？》

「行けます。柔な仲間達ではないです」と笑顔で答える。

そう言われたサイ、タキノ、ルカの三人は異形から放たれる圧力に屈する事なく戦闘態勢に入る。

「面白いじゃねえか」とタキノが言うと、その横でサイが呆《あき》れたように溜め息をつく。

「タキノ、ただ突っ込むのだけは勘弁しろ」

「フンッ、まずは一当てしてくる」とタキノは走り出す。

サイはいつもは使わない杖を収納から取り出すと、タキノに向ける。

「ルカ、結界を張ってくれ。俺はタキノの援護をする」

「しょうがないわねえ」

タキノは思う。面白い、と。その顔には笑顔が貼り付き、悲愴感《ひそうかん》は無い。

タキノが身体強化を掛けて異形へと駆ける。そして、

「シッ！」とコウが作った刀を抜刀。

その剣先を異形の手が打ち払おうと振られるが、そこにサイが張った結界が妨害。そしてタキノの魔力の通された刀が異形の胴体へと到達する。その瞬間、

「グアアアアァァ！」と異形が吠《ほ》える。

その胴体には深く傷が刻まれ、タキノはニヤリとして更に加速する。瞬《まばた》き一つで見失う。そんな速さで駆けるタキノは異形へと再接近。一撃目よりも魔力を込めて、

「シッ！」と一度納めた刀を抜刀。

異形はまたもその手で打ち払おうとするも、サイの結界で再度拒まれ、タキノは後ろへの回避に成功する。

「チッ」と舌打ちして一度後退。

《ほう、ヌシの仲間もやるようじゃの》とグリフォンは目を細める。

「ええ、自慢の仲間ですからね」と気楽な感じで俺が答えると、異形が、

「ガガァ！」とひと鳴きする。

そしてその体が赤く発光し、見る見るうちにタキノの付けた傷が塞がっていく、

「めんどくせぇ奴《やつ》だな」

「タキノよりはマシだな」

「何おう」とタキノが言うが、異形は待ってくれずに口元に魔力が集め始め、一気に口を開くと赤黒いブレスを吐き出す。

そのブレスが俺達に到達するも、結界で難なく無傷に抑える。

それを見た異形は何やら停止するとその体に魔力が漲《みなぎ》るのが見える。そして、

「ガガァ！」と咆哮《ほうこう》すると全身が赤黒く発光し突っ込んでくる。

その突進を俺は五重に張った結界で受け止め、パリーンパリーンと二枚の結界が破壊されるが異形を受け止める。その止まった異形へとタキノが走る。

「シッ！」と抜刀。先ほどの焼き直しのように異形がタキノを打ち払うために手を振り、サイが結界でそれを防ごうとするも、パリーン！　と赤黒く光る異形の手に打ち払われてタキノへと迫る。

間一髪でタキノは結界のお陰で少し遅くなった異形の腕を掻い潜《くぐ》る。

振るわれたタキノの刀は異形の胴体を深く斬り裂いた。

異形は苦悶《くもん》の表情を浮かべてタキノを睨む。

タキノはすぐに後退、そして、

「あ、危ねえじゃねえか」とサイに抗議する。

「お前の足が遅いのは分かった。次は結界の枚数を増やしてやるぞ」と満面の笑みで答える。

「あなた達！　真面目にやりなさい！」

ルカの声が飛ぶが、二人は仲良く答える。

「「へいへい」」

ゴン！　ゴン！

フライパンの音が鳴り響く。

「ぐっ！」「クウッ！」とサイとタキノは頭を押さえて蹲《うずくま》る。

「おい、お前！　今戦闘中だぞ」

「こんな時に何を」とタキノとサイが抗議するが、

「あんた達こそ戦闘中なのを分かっているの!?」とルカは取り合わない。

《ホホ、コウの仲間は愉快じゃのう。あの異形は相当の力を有するのじゃが》

「はは、愉快な仲間達ですね」と力無く笑って肩をすくめる。

《じゃが良い仲間じゃ》

「ガガァ！」

異形が咆哮する。その傷が治り始めるが、初めと比べて深手なのか治りが遅い。

《さて我も仕事をするかの》と言うと、「ガア！」とグリフォンが咆哮が響き、異形は硬直してその動きを止める。

そこに俺の数十の火の槍《やり》が異形を襲う。その火の槍が着弾。

ハリネズミのように火の槍が数十刺さり、

「ガァァァア！」

と苦しそうに異形は咆哮した瞬間、異形に刺さった火の槍が爆発。

「ガガガアアアア！」

異形は大きく苦しみながら咆哮するとズシンと倒れる。もがき続け、もう目が見えないのか錯乱しているのか、倒れながらも腕を振り回した先にいた教皇を偶然掴《つか》む。

「何をする！　私が召喚したのだぞ！」

異形は構わず教皇を口に入れて咀嚼《そしゃく》する。

すると教皇の生命を吸収したのか、異形の体が赤黒く光りその体を修復していく。

「ガアア！」と吠えながら立ち上がり俺達を睨むと、更に大きく赤黒く体を光らせると突進してくる。

タキノはそれを見て駆ける。先ほどよりも速く！　速く！

そのタキノを打ち払わんと異形が腕を振るう。そこにサイが三重の結界で妨害。結界は全て割られるが異形の腕の速度を大きく減速することに成功。

タキノは異形の懐へと到達して、

「シッ！」と抜刀。刀は異形に到達するも強化されたのか先ほどとは違って深手を追わせることは出来ない。

「ちっ！　硬くなってやがるか！　でもな」

タキノは異形の横をすり抜けると、反転して再度異形の懐へと迫る。

「今度はさっきのとは違うぞ。シッ！」

異形の懐に入り込み抜刀、その刀は緑に光り風の属性を帯びている。異形の皮膚に刃が当たると何も抵抗がないように滑り、刀が異形の体へと入っていく。タキノはそのまま横を通り過ぎて異形から数ｍ離れた所で停止し、納刀して振り返る。

「ギャアアァァアアアア！」

胴体を半ば切断されて血を噴き出す魔獣を見る。その大きく切られた異形の傷にサイの火球が二十着弾して追い討ちをかけ、グリフォンが翼を広げて飛翔《ひしょう》すると異形の頭を掴み、捻《ひね》って持ち上げて投げる。そして、ルカがその異形を結界で包むと、俺の火魔法が結界内で爆発炎上。異形の体を消し炭に変える。

サイとタキノは大きく息を吐くと、

「やったな」と拳を合わせる。

グリフォンは異形が消し炭になったことを確認して、
《ワシは必要じゃったか？》と呟く。

「もちろんですよ。私達ではあれらがどういうものか、分かりませんでしたからね」

《そうかの。ではワシは行くとするかの》

グリフォンは羽を広げて飛び立ち、窓を突き破って飛び去っていく。

「行きましょうか」

俺がサイ、タキノ、ルカに声を掛けると、

「腹が減ったな」

「そうだな、減った」

タキノの言葉にサイが乗っかる。

「ではどこか良さそうな所で食べますか」

「そうね。私に心当たりがあるわ」

コウはニコリと笑い、

「ルカに任せます」とルカを先頭にして大聖堂を後にする。

大聖堂を出たところで、風魔が肩に降りてきて頬を擦り付ける。

「終わりましたよ、風魔」

風魔の頭を撫《な》でると、風魔は「そうなの？」と喜ぶように、

「キュウ！」と優しく鳴く。

そんな嵐のような日々でも悪くないかも、と思った瞬間だった。

番外編　クラス召喚と女子高生の夏

日本。某県立高校の朝。

「望美《のぞみ》ちゃん、おはよう～」

教室に入ると、既に着席していた高原《たかはら》望美ちゃんに声を掛ける。

「あ、おはよう～夏奈《かな》ちゃん」

後ろの入り口から入ってきた私に、望美ちゃんが振り向いて挨拶をしてくれる。

相変わらず可愛《かわい》い。

自分の席に座って騒がしい教室を眺める。

期末テストも終わり、今日は終業式だ。

そう、明日から夏休みが始まるため、教室内は笑顔で溢《あふ》れている。

私は高校二年生。早々と進路希望を提出し、志望校合格へ向けてこの夏は塾に通うつもりだ。

予鈴がなると生徒達《たち》が席に着く。もうすぐ担任が来るだろう。

……成績表を持って。

そんなことを考えていると突然、教室内が光に包まれ、教室全体を覆うように足元に光の文字が浮かび上がる。

「きゃ～！」

「な、なんだ！」

「眩《まぶ》しいんだけど、何これ！」

「キター！」

すぐに教室内はパニックとなる。

光が収まり、目を開けた先には鎧《よろい》を着たゴッツイ人達と、目の前の一段高い場所には豪奢《ごうしゃ》なドレスを着た綺麗《きれい》な少女がいた。

「ようこそいらっしゃいました勇者様方！」

ドレスを着た綺麗な少女が声を上げる。

そんな声を聞いた途端に、クラス中の生徒達が騒ぎ始めた。

「ここはどこ？」

「な、なんだ。今まで教室で……」

「どういうこと！」

「これは異世界クラス転移キタ」

そんな喧騒《けんそう》の中、望美ちゃんが私の隣に移動してきてこっそりと呟《つぶや》いてくる。

「これって、ラノベでよくあるやつかな？」

たしかに教室内が光に包まれたと思ったら、次の瞬間にはこの場所にいた。

こんなことは普通ではありえない。

望美ちゃんとはオススメのラノベについてよく語っていたし、私も望美ちゃんからラノベを借りて、こんなクラス転移ものを読んだ記憶がある。

「そうかも」と望美ちゃんに呟く。

すると、杖《つえ》を持ったいかにも魔法使いと思われる年老いた男が、床をドンッと杖で打ちつけた。

「静まりたまえ！」

その声を聞いたクラスの皆が一斉に前を向いた。

そして、その隣にいる豪奢なドレスを着た少女が一歩前に出る。

「私はこのアレクシア王国の第一王女のミレアです。私達の世界は魔王に脅かされています。魔王を倒すために勇者様方を召喚しました」

そんな身勝手な話を聞いた生徒達がまた騒がしくなる。

「えぇ！　それって誘拐じゃん」

「今すぐ帰してよ」

「魔王とか無理だし」

「スマホ繋《つな》がらねぇし」

「おかぁさん……うう」

「勇者キタ」

これは間違いなく、異世界クラス転移だ。

でも……望美ちゃんから借りて読んだクラス転移ものにも色々なタイプがある。

これはどのタイプなのだろう？

普通に訓練をして魔王を倒すのか……魔王を倒すとか言っているけど実は……。

そんなことを考えていると、ゴッツイ体格の豪奢な鎧を着たイケオジが大きな声で生徒達を静める。

「お静かに！」

結構、渋いおじさんだ。

「申し訳ありませんが、今すぐに帰すことは無理です。横を見てください。あれが送還の魔法陣です。魔王を倒すまではこの魔法陣に魔力が溜《た》まりません。ですから早くお帰りいただくためにも魔王を倒してください」

なんて勝手なんだろう。信用出来ない。皆もそう思ったのか、

「無理だよ！」

「当分帰れないのかよ」

と声が上がる。当然だ。理不尽にもほどがある。

そんな中、一人の男子生徒が声を上げる。

「あの、良いですか。魔王を倒せば必ず帰してくれるのですよね」

「はい、間違いありません。あなたのお名前は？」

「進藤直樹《しんどうなおき》と申します」

「ナオキ様ですね。分かりました。必ず帰すとお約束します」

王女のミレアが進藤を見て微笑《ほほえ》む。

「分かりました。みんな俺の言うことを聞いてくれ！　こうやって王女様も魔王を倒せば必ず帰すと言ってくれている。どうだ、みんなでやってみないか」

ふざけないで！　あいつ！　余計なことを！　いつもそうだ、すぐに格好つけたがる！

「ああ、出たよ。直樹のお節介が……しょうがないな。手伝うよ」

進藤の取り巻き連中の一人が言い出した。

「ありがとう玲奈《れいな》」

「しょうがねぇな、俺も手伝うよ」

「大輝《だいき》もありがとう」

「じゃあ、俺も」「私も」と次々に他の生徒達が声を上げていく。

もし誰かが魔王との戦いで死んだら責任は取れるの!?　勝手なことをしないで！

とか考えていると、

「ちょっと良いか？」と声が聞こえた。

振り向いて確認すると、同い年くらいの男の子だ。

誰だろう。もちろんクラスの生徒ではないし、格好も違う。

「なんでしょうか？」

と王女が困ったように答える。

「王女だったか？　なんでお前は魅了を使っている」

!!　魅了！　王女は魅了のスキルを使って進藤を誘導したのね！

「！」

王女はその男の子を睨《にら》む。

「残念だけど俺には効かないよ。ディスペル！」

という言葉とともに、パリィィインという音が鳴り響く。

「あれ？　俺、どうしてあんなこと口走ったんだ？」

と進藤が首を傾《かし》げる。

どうやら、あの男の子によって王女の魅了が解除されたようだ。凄《すご》い。

王女は男の子を睨んだ。

「騎士達よ、あの者を捕らえなさい」

しかし、薄い緑がかったの透明な何かに阻まれて、騎士達は動けないようだ。

これも、あの男の子がやっているのだろう。

「どうしました？　早く捕まえなさい」

と王女は言うが、騎士達は蠢《うごめ》くものの動けないようだ。

「騎士団長、早くあの者を」

豪奢な鎧を着ているイケオジも動けないようだった。

男の子の方に振り返ると、その子が消えた。

どこに消えたの？　と思いながら前を見ると男の子が王女の額を摑《つか》んでいる。

何あれ。

「なるほど分かった。魔王とは魔族の王で魔族は大人しく友好的だと。でも魔族の土地が欲しいから魔族を攻めたいがために召喚したと」

うわ〜、何それ酷《ひど》い！　私達を騙《だま》していたのね！

「離しなさい」

王女は抵抗するが動けないみたい。

何、あの子。凄すぎる。

男の子はもがく王女を押さえる。

「ほうほう、送還陣は本物で魔力もあると」

本当？　これで私達は帰れる!?

「く、離せ！」

なおも王女は抵抗する。

「では帰してもらおうか」

「そんなことは出来ない」

「では無理でも従ってもらおう」

男の子がそう言って、王女を摑んでいる手から黒い光を放った。

「これで良いだろう。早く帰してくれ」

「そんなことは……あぎぃ……がが」

「無理はしない方が良いぞ。早く魔法師に指示を出すんだ」

男の子は何かの魔法を行使しているのか、王女が苦しそうに呻《うめ》いている。

「ググギィ……はぁはぁ、分かりました。魔法師達よ、送還陣の用意を」

それからは早かった。

魔法師達が隣の魔法陣で送還の準備をしだした。

「準備が整いました」

クラスメイトと男の子が魔法陣の中に入ると、一瞬光って魔法が発動した。

そして、気がつくと元の教室に戻っていた。
教室の中を見渡すと、安堵《あんど》で床にへたり込んだり泣いていたりする者がいた。
ふと、あの男の子を捜したがここにはいなかった。

それからが大変だった。
担任と副担任は教室に荷物があるのに生徒がいない、と校舎中を捜し回り、途方に暮れて教室に戻ったら生徒達がいた。そこからクラスの生徒全員が何度も事情聴取をされて、カウンセリングも受けたが結局は集団幻覚を見たとされ、有耶無耶《うやむや》になった。

時折考える。あれは幻覚なんかではなく、本当にあった出来事なんだと。
そして、あの男の子。イケオジも渋くてよかったけど、可愛かったな。
また会えないだろうか。
そんな暑い夏の始まりだった。

MFブックス

神様のミスで異世界にポイっとされました ~元サラリーマンは自由を謳歌する~ 2

2023年2月25日　初版第一刷発行

著者　でんすけ
発行者　山下直久
発行　株式会社KADOKAWA
〒102-8177　東京都千代田区富士見2-13-3
0570-002-301（ナビダイヤル）
印刷・製本　株式会社広済堂ネクスト

ISBN 978-4-04-682203-1 C0093

企画　株式会社フロンティアワークス
担当編集　吉田響介（株式会社フロンティアワークス）
ブックデザイン　鈴木 勉（BELL'S GRAPHICS）
デザインフォーマット　ragtime
イラスト　長浜めぐみ

本シリーズは「小説家になろう」（https://syosetu.com/）初出の作品を加筆の上書籍化したものです。

この作品はフィクションです。実在の人物・団体・事件・地名・名称等とは一切関係ありません。

使い潰された勇者は
二度目、いや、
三度目の人生を
自由に謳歌
したいようです
あかむらさき
Akamurasaki
イラスト：かれい
最速で最強を手に入れる方法を知ってるか？
そう、それは「草むしり」だ!!
STORY
地球生まれの異世界育ちの元勇者が、貧乏貴族の三男ハリスに転生!?
でもこの少年、実家から追い出された大問題児だった……。
獲得したすべての経験値を自由に振り直せるスキル『やりなおし』を見つけ、
「草むしり」で効率的に経験値を稼ぐ日々。三度目の人生を気ままに生きようとするも、
公爵令嬢の側仕えとしてお屋敷に住み込むこととなり――
MFブックス
MFブックス新シリーズ発売中!!

戦闘力ゼロの商人
～元勇者パーティーの荷物持ちは
地道に大商人の夢を追う～
異次元領域に物を保管できる
《倉庫》スキルとアイデアを
駆使して商売繁盛!?
3人目のどっぺる
Sanninme no Doppel
イラスト：Garuku
魔王討伐後に勇者パーティーから追放された元荷物持ちのアルバスは、
最弱の魔物にすら苦戦するほど弱かった。手切れ金として渡された僅かな
資金や、知識と経験を活かした仕事で食いつなぐ日々を彼は送るが、
とある村の薬草農家を救う妙案が功を奏し――。
MFブックス新シリーズ発売中!!

モノクロウサギ
MONOKURO USAGI
イラスト：岩本ゼロゴ
1
怠惰の王子は祖国を捨てる
～氷の魔神の凍争記～
最強の所以《ゆえん》は、異次元の凍結魔法
敗戦濃厚の戦地で本隊を逃がすための殿《しんがり》部隊を任された『無能王子』のルト。ルトが率いるのはたった五十三人の兵士たち。万に一つも勝ち目はないと思われたが、ルトには隠し続けてきた恐るべき切り札があった――。
MFブックス新シリーズ発売中!!

ダンジョンに潜むヤンデレな彼女に俺は何度も殺される
1
北川ニキタ
イラスト：とも一
時に殺され、時にデレデレ
たとえ死んでも君のため何度だってやり直す！
ダンジョンの最奥地へ追放されたキスカは絶望を越え〈セーブ&リセット〉の能力を手に入れる。
復讐を果たすべく死に戻りを駆使して突破を目指すが、美少女勇者や妖艶な吸血鬼のヒロインたちが行く手を阻む!?
MFブックス新シリーズ発売中!!
MFブックス

みつばものがたり 1
呪いの少女と死の輪舞《ロンド》
七沢またり　イラスト：EURA
STORY
ぼんやりとした異世界の記憶と、呪いの力を宿して永い眠りから覚醒したミツバ。彼女のやりたい放題な生き様は、怖くて——痛快!?継母の策略で貴族家を追い出され、士官学校に放り込まれたミツバの運命は——?
狂気と踊れ。
MFブックス新シリーズ発売中!!

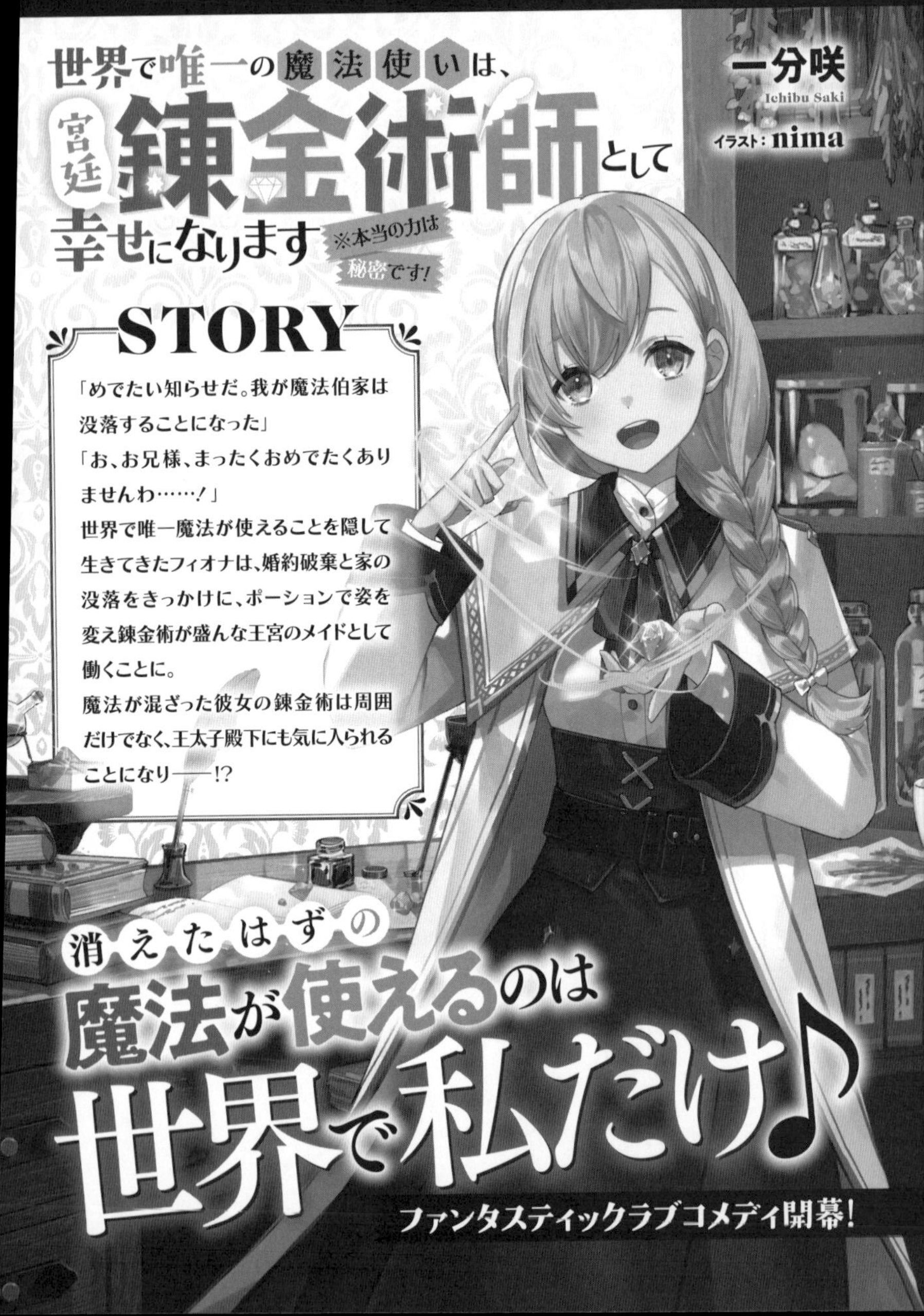
世界で唯一の魔法使いは、
宮廷錬金術師として
幸せになります
※本当の力は秘密です！
一分咲
Ichibu Saki
イラスト：nima
STORY
「めでたい知らせだ。我が魔法伯家は没落することになった」
「お、お兄様、まったくおめでたくありませんわ……！」
世界で唯一魔法が使えることを隠して生きてきたフィオナは、婚約破棄と家の没落をきっかけに、ポーションで姿を変え錬金術が盛んな王宮のメイドとして働くことに。
魔法が混ざった彼女の錬金術は周囲だけでなく、王太子殿下にも気に入られることになり——!?
消えたはずの
魔法が使えるのは
世界で私だけ♪
ファンタスティックラブコメディ開幕！